Jennifer Clarkson

MEIN LEBEN FÜR DEINS

Jennifer Clarkson

BEYOND
MY
NIGHTMARES

MEIN LEBEN FÜR DEINS

*Bibliografische Information der Deutschen Nationalbibliothek: Die Deutsche Nationalbibliothek verzeichnet diese Publikation in der Deutschen Nationalbibliografie; detaillierte bibliografische Daten sind im Internet über **dnb.dnb.de** abrufbar.*

Herstellung und Verlag: BoD – Books on Demand, Norderstedt

ISBN: 978-3-7562-1175-3

Ich liebe dich. Für immer.

Triggerwarnung

Unter anderen Umständen würde ich auf das Vorwort verzichten, da ich selbst eine Leserin bin, die dies gern mal überfliegt. Meistens liest man die Danksagungen schon am Anfang des Buches oder den Werdegang des Autors, welche erst einmal uninteressant sind.

Jedoch muss ich Dich vor Beginn des Lesens auf mögliche Trigger hinweisen. Diese Geschichte erzählt von einem jungen Teenager, der aufgrund seiner Erlebnisse mit **Depressionen, Selbstverletzungen, Drogenmissbrauch** und **Suizid** in Kontakt kommt. Durch die bildliche Umschreibung einiger Szenen und inneren Monologe kann dies für einige Leser*innen belastend sein.

Wenn die Konfrontation mit einem dieser Themen für Dich schwierig sein sollte, könnten besagte Szenarien verstörend auf Dich einwirken. In erster Linie soll dieses Buch unterhalten, aber auch Menschen, die noch nicht in Berührung mit diesen Themen gekommen sind, für psychische Erkrankungen sensibilisieren.

Explizite Triggerwarnungen innerhalb der Geschichte sind nicht enthalten.

Wenn Du dich aktuell in einer schwierigen Lebenslage befindest, kannst Du dich an die auf der nächsten Seite genannten Stellen wenden.

Telefonseelsorge (24 Std. erreichbar, kostenlos):
+49 800 111 0111, +49 800 111 0 222 oder +49 116 123
Webseite: www.telefonseelsorge.de

Nummer gegen Kummer, an die können sich Kinder und
Jugendliche oder Eltern, die sich Sorgen um ihre Kinder machen
anonym und kostenlos wenden.
Kinder- und Jugendtelefon: +49 11 6111 (Mo/Sa – 14.00 bis
20.00 Uhr sowie
Mo/Mi/Do auch von 10.00 bis 12.00 Uhr)
Eltern-Telefon: +49 800 111 0 550 (Mo-Fr – 9.00 bis 17.00 Uhr;
Di u. Do – 17.00
bis 19.00 Uhr)

Webseite: www.nummergegenkummer.de

Ein Mensch, der für nichts zu sterben gewillt ist,
verdient nicht zu leben.
Martin Luther King

1. Kapitel

Das abgegriffene Fotoalbum liegt offen auf meinem Schoß. Der Tag neigt sich dem Ende zu und die Dämmerung wirft düstere Schatten in mein Zimmer.

Dunkelrot tropft mein Blut auf ihr Lächeln und verunstaltet es zu einer Fratze, die mich höhnisch auslacht.

Armes wertloses Miststück, denke ich, als die Tabletten ihre Wirkung zeigen. Stechend weicht das Blut aus meinen Fingern. Der Schmerz breitet sich aus, sucht sich den Weg über meine Hände und beißt sich in den dürren Handgelenken fest.

Schwerfällig falle ich auf die Seite und winkle die Beine an. Ich starre auf die klaffende Wunde und beobachte, wie das Leben zähflüssig aus meinem Körper weicht. Endlich darf ich schlafen, endlich meine Schuld begleichen. Ich bekomme das, was ich verdiene.

Mein Kopf ruht auf den Fotos meiner Mutter, die wie ein riesiger Fächer unter meinem Körper ausgebreitet liegen.

»Bald bin ich bei dir, Mommy«, flüstere ich.

Ein letzter Atemzug und ich sinke in die Dunkelheit.

New York
6 Monate später

»Schatz, bist du fertig? Dein Bus kommt in zehn Minuten.«

Dads Stimme dringt dumpf in mein Bewusstsein. Das Wasser prasselt mittlerweile eiskalt auf die Haut, weil mir die Kraft fehlt, aus der Dusche zu steigen. Heute soll ich das erste Mal seit Monaten wieder in die Schule gehen. Vor Wochen schon wurden mir die Fäden gezogen. Ohne Schmerzmittel halte ich die Schmerzen aber immer noch nicht aus. Ich betrachte die rosa Narben. Mein rechtes Handgelenk ziert eine gerade Linie, genau auf der blauen Ader unter der Haut, die ich mit dem Zeigefinger nachziehe. Aber links zeichnet sich ein grotesk aussehender Strich ein winziges Stück neben der Hauptschlagader ab. Ich habe zu lange gebraucht, der Alkohol und die Medikamente haben mir die Sinne vernebelt und meine Zielgenauigkeit beeinträchtigt, so habe ich die Ader nicht richtig getroffen. Nur wegen dieses dummen Fehlers bin ich immer noch hier.

Wie immer zu langsam.

Notdürftig binde ich die feuchten Haare zusammen und greife mir wahllos Klamotten aus dem Schrank. Bevor ich aus der Haustür rennen kann, drückt mir Dad meine Antidepressiva und ein Glas Wasser in die Hand.

»Nicht vergessen«, sagt er leise, ohne mir in die Augen zu sehen.

Ich verlasse unsere kleine Wohnung und atme die kühle Luft ein. Die wenigen Bäume, die der Stadt etwas mehr grün verleihen sollen, tragen schon ihre ersten Knospen. Ich ziehe den Schal enger und mache mich auf den Weg zur Bushaltestelle. Als Kind war ich beeindruckt von den

Wolkenkratzern, die wie riesige Säulen in den Himmel ragen und mir etwas wie einen Schutz vor dem Unbekannten geben. Heute wirken sie wie Richter, die bedrohlich auf mich herabsehen. Ich senke rasch den Blick.

In der Schule ziehe ich meine Kapuze ins Gesicht und meine Narben verstecke ich unter einem extra langen Pullover, trotzdem spüre ich die Blicke der Klassenkameraden wie Messerstiche in meinem Rücken. Niemand wagt es, mich anzusprechen. Es ist auch besser so. Ich höre den Lehrern nicht zu und reagiere kaum auf meine Umgebung. Ich fühle mich wie in einem Traum, unwirklich und fern der Realität. Das Gelächter und Geplapper prallen dumpf an mir ab und als ich wieder zu Hause bin, kann ich mich nicht mehr an den Unterricht erinnern. Kaum in der Wohnung angekommen nervt mich Dad mit seinen Fragen.

»Wie war es in der Schule? Hast du Hunger?«

Ich ignoriere ihn und schleppe mich in mein Zimmer. Mein Gesicht gräbt sich in das Kissen, als ich mich auf das Bett werfe. Es hat doch eh keinen Sinn.

Hässliche Versagerin. Stirb doch einfach.

Seit Monaten treibe ich nur wenige Zentimeter unter der Wasseroberfläche. Nicht ertrunken, aber auch nicht richtig am Leben. Als sie gegangen war, wurde der Schlaf wie eine dunkle Höhle, in der das Monster nur darauf wartete, herauszuspringen und mich zu verschlingen. Nachdem ich meine Mutter verloren habe, ist meine Welt, meine ganze Existenz zerbrochen. Jede Nacht sehe ich ihr entstelltes Gesicht. Jede Nacht wache ich schreiend auf. Die Realität verschwimmt mit meinen Albträumen und ich finde keinen Ausweg aus diesem Kerker der kalten Verzweiflung. Kaum schließe ich die Augen, schon sehe ich ihr grotesk wirkendes Gesicht.

Schreiend schrecke ich hoch. Mein spärlich eingerichtetes

Zimmer ist fast dunkel, nur das schwache Licht der Straßenlaternen dringt hinein und kalte Luft weht durch das offene Fenster. Benommen stehe ich auf und schließe es. Mein Blick wandert durch die hell erleuchtete Straße. Das Leben hier pulsiert Tag und Nacht, wie das Blut, das noch durch meine Adern fließt. Es ist falsch, dass ich hier stehen darf, ohne meine Schuld begleichen zu können. Ich kneife mir in den Arm, mir dessen bewusst, dass ich am Leben bin und meine Mom nicht und lege mich weinend ins Bett.

Lautes Klopfen an der Tür weckt mich. Ich vergrabe mich tiefer in meine Decken. Seit Tagen liege ich im Bett. Mein Kopf ist leer und gleichzeitig voll von diesen unerträglichen Gedanken, die meinen Geist verschlingen. Ich presse das Kissen auf mein Gesicht.
»Jennifer? Jennifer!«
Die Welt draußen bebt, als sich jemand neben mich legt. Etwas Schweres umschlingt meinen Körper, droht mich zu ersticken. Mir fehlt die Kraft, um mich zu wehren. Ein frischer Windzug in meinem Gesicht lässt mich aufsehen.
»Daniel?«
Meine Stimme klingt rau. Mein bester Freund seit dem Kindergarten, mein Seelenverwandter, lächelt mich an und drückt mir ein Glas Wasser in die Hand.
»Hey, Cookie Jen. Ich hab versucht, dich anzurufen und dir hunderte SMS geschickt. Ich kann verstehen, wenn du niemanden sehen willst, aber gib wenigstens mir eine Chance.«
'Cookie Jen' nennt er mich seit der Grundschule, als ich mich eine Woche lang fast nur von den Cookies seiner Mutter ernährt habe. Ich kann dem Blick seiner mandelförmigen Augen nicht standhalten und vergrabe mein Gesicht unter meinem Arm. Er soll einfach

verschwinden. Er war der Einzige, der mich immer über Wasser gehalten hat. Aber er kann mich nicht retten. Niemand kann das.

»Kann sein. Ich will alleine sein«, sage ich stumpf und will mir die Decke wieder über den Kopf ziehen.
Es ist mir egal, wenn ich seine Gefühle verletze.

»Ach was! Niemand will allein sein. Du kommst jetzt mit, ohne dich lässt dein Dad mich nämlich nicht die Wohnung verlassen.«
Er zieht mir die Decke weg. Das helle Licht brennt in meinen Augen und nimmt mir die Sicht. Daniel hat das Fenster geöffnet, um die verbrauchte Luft raus zu lassen. Blinzelnd versuche ich, ihn anzustarren. Als ich wieder klar sehen kann, fällt mir sein durchtrainierter Körper auf. Als Kind war er ziemlich dick. Ich war öfters in Prügeleien verwickelt, wenn er mal wieder gemobbt wurde und ich ihn beschützen musste. Davon sieht man jetzt nichts mehr. Sein kurzer Zopf, der die schwarzen Haare zusammenhält, passt perfekt zu seinem kantigen Gesicht und der geraden Nase.

»Guck nicht so. Du kennst deinen Vater. Geh duschen, ich warte im Wohnzimmer auf dich.«
Ohne eine Antwort abzuwarten, verlässt er mein Zimmer und die Leere breitet sich weiter in meinem Brustkorb aus. Ich schlurfe zum Fenster, um die Vorhänge zuzuziehen, und beobachte das Treiben auf der Straße unter mir. Nicht einmal Atmen hat einen Sinn für mich. Ich kann mich kaum bewegen. Tränen lassen meinen Blick verschwimmen. Ein eisiger Wind weht mir die Haare ins Gesicht.

Die Kufen schleifen über das Eis. Ein Tag vor Weihnachten hat Mom mir meine ersten Schlittschuhe gekauft und wir fahren zum Bryant Park. Der kleine See ist bereits zugefroren und das Eis bildet ein lustiges Muster

auf der Wasseroberfläche. Auf wackligen Knien halte ich
mich krampfhaft an den Händen meiner Mutter fest, die
langsam rückwärts fährt und mich mit sich zieht. Kleine
Schneeflocken kitzeln mich auf der Nase. Nach einigen
Minuten werde ich mutiger und lasse Moms Hände los. Ich
bewege einen Fuß nach dem anderen und nehme langsam
Geschwindigkeit auf.
  »Guck nach vorne!« ruft Mom mir zu.
Doch zu spät: Weil ich den Blick nur auf meine kleinen
Füße richte, sehe ich den Jungen nicht, der plötzlich vor
mir auftaucht. Mit wedelnden Armen prallen wir
aufeinander und fallen der Länge nach auf das harte Eis.

Kräftige Arme legen sich um meine Schultern. Ich blinzle
und nehme Daniels Wärme und den Geruch nach
Schokolade wahr. Ich versuche, mich an einen Sommer zu
erinnern. Den Geschmack von selbstgemachtem Eis mit
Erdbeeren und Schlagsahne auf einer Waffel, die tropfende
Schokolade an der Spitze hat. Aber meine Erinnerungen
sind grau und ohne Geschmack.

»Komm, wir gehen raus«, flüstert er und zieht mich vom
Fenster weg.
Wir sitzen im Madison Square Park und kuscheln uns unter
einer Decke aneinander.
»Ich hoffe, du schreibst! Ansonsten komme ich
höchstpersönlich vorbei und gebe dir einen Tritt in deinen
kleinen Hintern!«
Er grinst mich schief von der Seite an, bemüht, meine
düstere Stimmung zu heben. Das Herz sackt mir in die
Hose.
»Was meinst du?«
Meine Stimme klingt hohl und ich sehe ihn verständnislos
an.
»'Nach deinem Aufführen', wie dein Dad es genannt hat,

beschloss er, dass euch beiden ein Neuanfang guttun würde. Er hat sich neue Arbeit und ein Haus in Texas besorgt, 'weit weg von dem Treiben der Großstadt und den Erinnerungen an deine Mom', um es mit seinen Worten zu sagen. Hat er dir das nicht erzählt? Oh verdammt!«, sagt er und starrt mich erschrocken an.

Eine kalte Faust zerquetscht mein Herz und es pocht heftig, um sich dagegen zu wehren. Durch den Nebel meiner Erinnerungen erkenne ich Kartons, die sich in jeder Ecke unserer Wohnung stapeln und Dad, wie er mir sagt, dass ich packen solle. Das Leben außerhalb meines Albtraumes hat doch nicht aufgehört zu existieren, das wird mir jetzt schmerzlich bewusst.

»N-n-nein«, stottere ich.

Meine Wangen glühen und Tränen schießen mir in die Augen.

»Oh sorry! Dann redest du besser gleich mit ihm. Soll ich bleiben und dir dann beim Packen helfen?«, fragt Daniel geschockt und löst seinen Arm von mir, um sich zum Aufstehen zu bewegen.

Ich halte ihn fest und bemerke einen leichten Schnapsgeruch.

»Nein, warte. Lass uns noch hier bleiben. Es ist mir egal, was er vorhat. Hast du getrunken?«, frage ich, um vom Thema abzulenken.

Daniel lässt sich wieder auf die Bank fallen und zieht die Decke enger um uns.

»Nur zwei Schluck, damit mir warm wird. Musst du auch probieren«, sagt er und hält mir seinen Flachmann unter die Nase.

Widerwillig nippe ich einmal kurz, bevor ich mutig einen kräftigen Schluck nehme.

»Urghs! Sowas trinkst du freiwillig?«, frage ich hustend.

»Nimm noch einen, der Zweite ist nur halb so schlimm.«

Als ich die Flasche wieder absetze, dehnt sich eine wohlige Wärme in meinem Körper aus. Wir unterhalten uns über alte Zeiten. Ich weiß, dass er seit der Grundschule in mich verliebt ist, ich aber liebe ihn eher wie einen Bruder, den ich nie hatte. Wir haben viel gemeinsam erlebt. Seine Eltern sind geschieden, seitdem er ein Baby war, und er lebt bei seiner Mutter. Sein Vater ist nie wieder aufgetaucht und niemand spricht je über ihn. Daniel riecht noch immer nach den großen Schoko-Cookies, die sie samstags für uns gebacken hat.

»Wie war es eigentlich mit dieser Hannah? Ihr wart ja nicht sehr lange zusammen«, frage ich ihn.

Hannah war seine erste Freundin. Ich freute mich für ihn, aber schon bald ging mir das Liebespaar auf die Nerven, als ich das fünfte Rad am Wagen wurde.

Wie Gift, das mich langsam innerlich verbrannte.

Schnell nehme ich noch einen Schluck, um das aufkeimende Gefühl zu betäuben.

»Na ja, am Anfang war es ganz cool, weil man ja jetzt dazu gehört, aber nach ein paar Wochen fing sie an zu nerven.«

Daniel rollt mit den Augen, als ich ihn verständnislos anschaue.

»Sie wollte, dass ich mich nur mit ihr treffe, und war total eifersüchtig, vor allem auf dich. Deshalb habe ich mich nicht mehr bei dir gemeldet, weil ich Angst hatte, dass sie Schluss macht. Ich hab aber irgendwann gemerkt, dass sie mir hinterher geschlichen ist, und einmal habe ich sie dabei erwischt, wie sie meine Nachrichten kontrollierte. Total verrückt!«

»Eifersüchtig auf MICH? Bei ihrem tollen Hintern und der super Figur kann ich mir das echt nicht vorstellen. Und ihr Gesicht war ja richtig hübsch«, flüstere ich und bin froh, dass er meine roten Wangen nicht sieht.

Ich bin ein Durchschnittstyp. An mir ist nichts Besonderes. Meine Figur ist fast zu dünn, ich schminke mich selten und mache keine Experimente mit den Haaren, so wie die anderen Mädchen auf der Schule.

Daniel schaut mich seltsam an. Seine Mundwinkel zucken leicht.

»DEIN Gesicht ist richtig hübsch.«

»Daniel, bitte ...«

Mir ist echt nicht nach solchen Gesprächen. Zu oft habe ich ihm klar gemacht, dass ich nicht in ihn verknallt bin. Und ausgerechnet jetzt wollte ich das nicht schon wieder durchkauen.

Ich liebe ihn. Aber nicht auf DIE Art.

»Nein, ich meine es ernst.«

Er hält mich fest in seinen Armen, meine Muskeln spannen sich an und mein Puls rast. Ich spüre seine Wange an der meinen und mir wird heiß. Der Schnaps scheint seine Wirkung zu zeigen.

»Ich hatte zwar Gefühle für Hannah, aber ich musste trotzdem immer an dich denken, ich glaube, sie wusste es irgendwie.«

Er neigt leicht den Kopf und sieht mir eindringlich in die Augen.

»Bitte nicht, ich weiß nicht wie ...«

Mein ganzer Körper verkrampft sich und mein Herz springt fast aus meinem Brustkorb.

»Nur dieses eine Mal. Ich ertrage den Gedanken nicht, es nicht wenigstens versucht zu haben.«

Ich fühle mich nackt unter seinem intensiven Blick. Ich senke den Kopf, aber er nimmt mein Kinn und drückt mir ohne Vorwarnung einen Kuss auf den Mund. Er öffnet seine Lippen und atmet schwer. Ich lasse es geschehen und entspanne mich. In diesem Augenblick fühle ich mich geborgen. Sicher. Unsere Zungen berühren sich sanft, meine Anspannung löst sich.

Nein. Nicht gut! Mach ihm keine Hoffnung!

Eine Träne fließt meine Wange hinunter und mein Hals schnürt sich zu. Ich löse mich von ihm und zwinge mir ein nervöses Lachen ab.

»Das war echt nicht nett. Ich meine, du küsst nicht schlecht. Aber es ändert nicht die Meinung über meine Gefühle für dich.«

Ich boxe ihm gegen den Arm und wische mir mit der Decke über die Wange.

»Das habe ich befürchtet. Aber es war den Versuch wert.«

Er grinst mich schief von der Seite an, doch es sieht gequält aus.

»Es tut mir wirklich leid. Du schreibst doch trotzdem, oder? Ich bin ganz alleine da unten.«

Der Gedanke, ihn für immer vergrault haben zu können, frisst mich fast auf und ich schaue auf den Boden, um meine feuchten Augen zu verstecken. Er streichelt meine Wange und sieht mich entschuldigend an.

»Mir tut es leid. Ich hab nicht nachgedacht und hoffe, du verzeihst mir.«

Er nimmt mich fest in den Arm und flüstert mir ins Ohr:

»Ich weiß. Es ist okay. Ich will nur, dass du glücklich bist. *Wirst!* Versprich mir, dass du es versuchst. Mir zuliebe. Die Zeit heilt nicht alle Wunden, aber der Schmerz verblasst irgendwann, wenn du es zulässt.«

Er versucht, mich anzulächeln, aber seine Augen sehen mich traurig an. Der Schmerz wird niemals verblassen, geschweige denn, jemals weg sein. Ich habe es verdient, bis in alle Ewigkeit zu leiden.

Aber das verstehst du nicht, Daniel. Niemand versteht es. Du hast ja keine Ahnung, was ich getan habe.

»Du weißt, dass ich es nicht versprechen kann. Aber ich geb mir Mühe. Schreib mir bitte. Schon jetzt halte ich den

Gedanken nicht aus, ganz alleine da unten in Texas zu sein.«

»Natürlich schreibe ich dir. Vielleicht schicke ich dir jeden Samstag ein paar Cookies von meiner Ma, damit du mich nicht vergisst. Und sobald ich etwas Geld zusammengekratzt habe, komme ich dich besuchen. Versprochen!«
Er nimmt mich fest in die Arme und ich schlucke den Kloß im Hals hinunter.

Es ist schon dunkel, als Daniel mich mit seinem Auto vor meiner Haustür absetzt.

»Lass dich nicht unterkriegen. Wenn ich den Abschluss in ein paar Monaten habe, überrede ich meine Ma, euch besuchen zu kommen. Indianerehrenwort!«
Er streckt zwei gekreuzte Finger in die Luft und zwinkert mir zu. Ich senke den Blick und starre auf meine verschränkten Hände.

»Mach dir wegen mir keine Umstände. Ihr habt doch auch nicht so viel Geld und ein Flug nach Texas kostet mindestens einen ganzen Monatslohn deiner Mutter. Als Friseurin verdient man doch nicht so viel«, antworte ich leise.
Mir dreht sich der Magen um bei dem Gedanken, wenn Megan sich und ihren Sohn nur wegen mir einen Monat lang von trockenem Toast ernähren muss. Ich habe schon genug angerichtet.

»Lass das nur meine Sorge sein, ich hab schon einen Plan«, sagt Daniel und hebt mein Kinn, damit ich ihn ansehe.
Wir sehen uns einige Sekunden schweigend an, bevor er aussteigt und mir die Tür öffnet. Meine Beine fühlen sich wie Blei an und ich bringe nicht die Kraft auf, mich zum Aussteigen zu bewegen. Daniel nimmt meine Hand und

hilft mir aus dem Auto. Um meine Tränen zu verstecken, schlinge ich meine Arme um seine Körpermitte und drücke mich an seinen warmen Körper. Ich bin so unendlich froh, dass er mich trotz meiner Abstürze der letzten Monate immer noch liebt und sogar die nicht erwiderten Gefühle meinerseits verkraftet. Das werde ich nie wieder gut machen können.

»Mach´s gut, ich melde mich, wenn wir angekommen sind«, flüstere ich in seine Jacke hinein.

Ich löse mich aus der Umarmung und verschwinde, ohne mich noch einmal umzudrehen, in das dunkle Haus. Als die Tür ins Schloss fällt, kauere ich mich auf die kalten Fliesen im Hausflur und weine meinen Schmerz leise in die Dunkelheit hinein, in der Verzweiflung und Angst ihre hungrigen Augen auf mich richten.

Ich will einfach nur sterben.

Ich reiße mich zusammen und stemme mich hoch. Es ist so finster, dass ich nach dem Lichtschalter tasten muss, und werde schmerzhaft geblendet, als das Licht mit einem lauten KLACK angeht.

Dad sitzt im Wohnzimmer auf der senfgelben Couch und schläft. Ich nehme vorsichtig die halb leere Bierflasche aus seiner Armbeuge und sehe ihn unentschlossen an. Gedankenverloren nippe ich am Bier. Es geht plötzlich alles so schnell. Die letzten Monate verschwimmen in meiner Erinnerung und mir wird jetzt schmerzlich bewusst, dass ich Daniel zum letzten Mal gesehen habe. Benommen schleppe ich mich ins Bad. Das heiße Wasser betäubt das nagende Gefühl, alles falsch zu machen. Erst als meine Haut zu kochen scheint, drehe ich den Hahn zu. Ich greife nach dem Badetuch, das auf den verbrühten Stellen kratzt.

Miststück! Schreckliche Versagerin!

Der Schmerz ist das einzige Gefühl, das mir real erscheint. Ich drücke mein Gesicht in das feuchte Tuch. Versuche, den nagenden Schmerz zu ersticken, darf nicht atmen. Besser ich verschwinde einfach.

Schwerfällig ziehe ich meinen Bademantel an. Ich betrachte mich im beschlagenen Spiegel. Mit einem Finger male ich ein paar Augen und einen schiefen Mund auf mein Spiegelbild.

Ich werfe die wenigen Habseligkeiten achtlos in die Kartons. Dabei fällt mir das blutbefleckte Fotoalbum in die Hände. Es riecht noch immer nach Rauch. Wütend will ich das Ding vor die Wand werfen. Es ist nicht fair, dass mir nur ein paar Bilder von ihr geblieben sind. Alles andere wurde vom Feuer verschlungen. Ich schlage die Seite auf, die ich zuletzt gesehen habe, bevor die Schlaftabletten meine Sinne vernebelten. Dabei fällt ein Blatt Papier auf dem Boden. Ich hebe meinen Abschiedsbrief auf und falte ihn auseinander, die von Tränen verschmierten Worte sind kaum noch erkennbar:

Ich sterbe innerlich.
Jeden Tag.
Spüre eure Nähe nicht.
Spüre mich nicht.
Gar nichts.
Außer dieser unendlich großen Schuld.
Finde nachts keine Ruhe, weil sie mich sogar in meinen Träumen verfolgt.
Ich will die bittere Pille nicht, die sich Leben nennt.
Will keine Hoffnung, die sowieso nur ins Leere führt.
Kann nur verletzen, egal was ich tue,
wieso es nicht gleich beenden?
Bringe nur Chaos und Unglück.
Der Schmerz hört nicht auf. NIE.
Gebt mir keine Zeit, sie wird nicht reichen.
Mein Herz allein bringt mich um.

Hört auf, zu sprechen.
Hört auf, mich anzusehen.
Plant mich nicht in euer Leben ein.
Es ist so sinnlos.
Ich werde niemals ein Teil davon sein.
Ich sehne mich nach der Stille.
Ihr müsst den Weg ohne mich weiter gehen.
Es tut mir leid.

Unbewusst streicht mein Finger über die Narbe, bis ich die Seite rausreiße und sie zusammen mit dem Brief zerknüllt im Papierkorb landet. Das Album packe ich in meinen Rucksack und ich stapfe ins Wohnzimmer. Dad schläft noch. Mir graut es davor, morgen stundenlang mit ihm im Auto gefangen zu sein. Wir haben seit Wochen nicht mehr miteinander geredet.
Ich ziehe den Bademantel enger um meine Schultern und setze mich neben ihn. Plötzlich packt mich das schlechte Gewissen. Wie muss er sich bloß fühlen? Ich lege meinen Kopf an seine Schulter und lausche seinem Atem, bis meine Lider schwer werden.

2. Kapitel

Am nächsten Morgen laden wir die restlichen Kartons, die nicht auf den LKW passten, auf den Pick-up. Dad wollte seinen geliebten Wagen nicht verkaufen und deshalb fahren wir die 1500 Meilen nach Texas auf dem Highway. Die Dämmerung kündigt sich bereits mit purpurnen Farben am Himmel zwischen den grauen Wolkenkratzern an.

Erst nach zwei Stunden bricht Dad das Schweigen.

»Hör mal, ich weiß, dass es schwer ist für dich. Aber versuch bitte, nach vorn zu schauen. Ich will nur dein Bestes, deshalb habe ich beschlossen, umzuziehen.«

Ich starre in die Dunkelheit. Die Lichter der vorbeiziehenden Städte verfolgen mich wie kleine gelbe Augen, beobachten jede Regung meines Gesichts, das sich schwach in der Fensterscheibe spiegelt. Mein Blick wirkt leer und ausdruckslos. Ich antworte nicht und nach einiger Zeit fallen mir die Augen zu.

Jeder Atemzug ist wie ein glühendes Eisen in meiner Lunge.

Nur mühsam finde ich den Weg durch das Dickicht. Ein junges Mädchen taucht vor mir auf: kurze, schwarze Haare, graue Augen. Ihr Lächeln zieht mich zu ihr hin, obwohl hinter ihr die Welt in einem tosenden Unwetter untergeht. Im Augenwinkel nehme ich ein Leuchten wahr und als ich mich zur Seite drehe, erkenne ich nur verschwommen menschliche Umrisse, die nach mir zu rufen scheinen.

Dennoch wandert mein Blick wieder zu dem Mädchen.

Eine unsichtbare Kraft treibt mich voran. Die Schmerzen

in meiner Brust sind jetzt fast unerträglich, ich bekomme Panik, dass ich ersticke. Aber ich kann mich nicht wehren. Heftige Übelkeit überkommt mich, als die Unbekannte ihre Arme hebt und mich an sich drücken will. Donnernd prasseln Regen und Blitze auf den Boden und ein kalter Schauer fährt mir über die Haut. Ich starre in das Gesicht mit den leeren Augen. Sie öffnet den Mund, um etwas zu sagen, doch plötzlich wird sie von einem hellen Licht geblendet, das hinter mir aufleuchtet und mir beinahe den Rücken verbrennt.
Ich drehe mich um, und ...

Lautes Hupen reißt mich aus meinem unruhigen Schlaf.

»Wo sind wir?«, frage ich Dad und massiere mir den Nacken.

Ich bin total verspannt. Trotz des wolkenverhangenen Himmels muss ich ein paar Mal blinzeln, bis sich meine Augen an das Licht gewöhnt haben.

»Wir kommen gleich in Nashville an. Dort suchen wir uns eine Unterkunft und ruhen uns aus.«

Er scheint schon einige Stunden am Stück gefahren zu sein, dunkle Ringe zeichnen sich unter seinen Augen ab und die Falten sind tiefer geworden. Trotz der kurzen Zwischenstopps bin ich ausgelaugt und will nur noch ein Bett. Nachdem Dad spontan eine Abfahrt nimmt, finden wir ein Motel. Wir checken ein und ich stürze sofort in das kleine Bad, um mich frisch zu machen. Das Wasser prasselt eiskalt aus der Dusche auf meine Haut. Ich schließe die Augen und schlinge die Arme um meinen Körper.

»Schatz, hast du meine rosafarbene Bluse gesehen?«
Mom kommt aus dem Schlafzimmer, etwas hektisch, weil sie ein wichtiges Treffen mit einem ihrer Sponsoren hat, aber trotzdem perfekt gestylt wie immer. Meine Wangen

werden heiß.

»Ähm ... Ist sie nicht in der Wäsche?«, frage ich sie.

»Nein, das letzte Mal, dass ich sie anhatte, war im Januar auf Christines Hochzeit. Oder hast du sie dir wieder ausgeliehen? Du weißt doch, dass du mich immer erst fragen musst!«

Sie läuft in mein Zimmer, das nur wenige Schritte von ihrem Schlafzimmer entfernt liegt. Ich will ihr etwas zurufen, doch zu spät, sie ist schon an meinem Schrank und öffnet die Schubladen, in der sich die gesuchte Bluse befindet.

Oh nein.

»Was ...«

»Mom, ich kann dir das erklären!«

»Wieso ist da ein Brandloch?! Hast du etwa geraucht? Und warum riecht das nach Männerparfüm? Ich sage dir, diese 'Freunde', mit denen Daniel neuerdings rumhängt, sind kein guter Umgang für dich!«

Sie stemmt ihre Hände in die Hüften.

»Ich habe nicht geraucht! Und Daniel ist nicht wie die anderen Jungs!«

Mom schaut mich böse an, fast schon enttäuscht und es tut wie immer weh, wenn sie mich so ansieht.

»Ich verbiete dir, dich jemals wieder mit ihm zu treffen!«

»Nein, ich ...«

»Tut mir leid, aber ich muss los«, sagt sie vorwurfsvoll und ohne mich noch einmal anzusehen, stürmt sie aus dem Zimmer.

Die Erinnerung kommt mit einer brutalen Wucht. Hastig drehe ich das Wasser zu und stolpere aus der Duschkabine. Meine Beine zittern und ich muss mich konzentrieren, um nicht zusammenzubrechen. Ich will, dass es aufhört, und schlage mir mit der flachen Hand gegen die Schläfe. Es ist nur eine Illusion, eine falsche Erinnerung aus meinem kranken Kopf. Das rede ich mir seit Monaten ein. Aber es ist die bittere Realität.

Ich habe sie getötet. Bringe mich besser um.

Hastig krame ich das Fotoalbum aus meinem Rucksack, um das Bild loszuwerden, und setze mich auf das Bett. Ich sitze direkt meinem Spiegelbild gegenüber, das über der Kommode hängt. Ein bleiches, schmales Mädchen sieht mich mit verquollenen Augen an. Meine nassen langen Haare kleben an meinen Kopf, was meine grünen Augen größer erscheinen lässt, und ich drehe mich weg. Ich lege mich hin und ziehe mir die Decke über den Kopf.

Die Tür knarzt und ich gucke durch den Spalt aus meiner Höhle. Dad kommt in den winzigen Raum mit einer Tüte aus dem Schnellrestaurant.

»Iss etwas. Ich habe dir extra Käse auf deinen Burger legen lassen«, sagt Dad und hält mir aufmunternd das Päckchen unter die Nase.

Ich setze mich auf und nehme den verpackten Burger, ohne Anstalten zu machen, ihn auszupacken. Ich sehe meinen Vater zum ersten Mal seit Monaten richtig an. Er sitzt gebeugt auf der Bettkante, erschöpft und um Jahre gealtert.

»Danke, Dad. Und entschuldige, dass ich dir nicht zugehört habe«, sage ich mit kratziger Stimme und muss schlucken.

Ich weiß nicht einmal mehr, wie ich mit meinem eigenen Vater reden soll.

»Schon gut. Vergessen wir das. Jetzt iss, wir legen uns gleich schlafen und dann geht es morgen weiter.«

Er dreht mir den Rücken zu und schaltet den Röhrenfernseher ein, der erst nach einigen Sekunden flackernd angeht.

Mein Magen zieht sich schmerzhaft zusammen, eigentlich

habe ich keinen Hunger. Trotzdem beiße ich in den Burger und schlinge ihn hinunter, ich muss mich zusammenreißen. Für Dad. Er gibt sich so viel Mühe und ich nichtsnutziges Ding jammere nur 'rum, obwohl er es schwer genug hat. Nach dem Essen lege ich mich ins Bett. In dieser Nacht sucht mich der Albtraum wieder heim.

Nackte Äste schlagen mir ins Gesicht. Meine Füße verheddern sich in Baumwurzeln und nasses Laub sticht durch meine blanken Fußsohlen. Um mich herum herrscht Dunkelheit, nur ein blutroter Mond taucht den Wald in ein unheimliches Licht wie in einer Dunkelkammer. In weiter Ferne höre ich das Knistern eines Feuers und schon bald leuchten die Flammen durch die Bäume. Meine Beine bewegen sich, aber ich trete auf der Stelle. Der rauchgeschwängerte Wind weht mir um die Ohren und ein hysterisches Lachen ertönt in der düsteren Nacht. Ich drehe mich panisch um meine eigene Achse, unfähig zu atmen. Der Qualm brennt in meiner Lunge, das Feuer scheint aus allen Richtungen zu kommen. Eine dunkle Gestalt steht zwischen zwei toten Fichten. Ihre langen Haare stehen in Flammen, dennoch zeigt sie mit dem Finger auf mich und lacht unaufhörlich. Mit langsamen Schritten geht sie auf mich zu. Ich will einen Schritt rückwärts machen, aber etwas hält mich an der Stelle. Ich blicke nach unten und sehe, wie sich dornige Wurzeln um meine Knöchel schlängeln. Als ich meinen Blick wieder aufrichte, steht Mom nur wenige Zentimeter vor mir, ihre blitzenden Zähne gefletscht und mit Schaum vor dem Mund. Sie reißt ihren hässlichen Mund zu einem Schrei auf und ...

Mich weckt der Schrei eines Kindes. Benommen richte ich mich auf und schüttle die Traumschwaden aus meinen

Gedanken. Eine Männerstimme schimpft und eine Frau redet beschwichtigend auf ihren Mann ein.

Es ist genauso wie bei uns damals.

Dad und ich lieben uns, aber er ist streng, wohingegen meine Mom viel durchgehen lassen hat und nicht immer sehr konsequent war. Dafür liebe ... liebte ich sie.

Wie es wohl im neuen Haus ist?

Dad sagte, es wäre über 100 Jahre alt.

Auch noch eine Bruchbude.

Er will dort in einer Fabrik arbeiten gehen. Eigentlich ist er Musiker, spielt in kleineren Pubs und Bars auf dem Piano selbstkomponierte Lieder, zu denen ich nicht selten einen Songtext geschrieben habe. Ich vermisse die gemeinsamen Auftritte. Seit Mom fort ist, schreit die Stille der Wohnung förmlich nach der Musik. Dad sitzt nachts einsam an seinem Klavier, aber der wichtigste Teil seiner Seele ist zerbrochen und sein Herz bringt keinen Ton mehr heraus.

Nach einem schnellen Frühstück sitzen wir wieder im Pick-up auf der Interstate 40. Noch elf Stunden, bis wir die neue Heimat erreichen. Als ob es irgendetwas ändern würde. Die Schuld frisst sich von innen nach außen. Es gibt kein Entkommen.

»Wieso ausgerechnet Texas?«, frage ich, als ich keine Lust mehr habe in die vorbeiziehende Landschaft zu starren.

Seine Mundwinkel zucken.

»Wie du weißt, sind deine Mom und ich oft gereist. Wir hatten in den letzten Semesterferien all unser Erspartes zusammengekratzt und hatten eine Tour quer durch die USA geplant. In der zweiten Woche waren wir in Texas angekommen.«

Er atmet tief ein und wieder aus. Ich glaube, wir haben nie über Mom gesprochen, seit sie gegangen ist. Ich mache Anstalten, seine Hand zu berühren, lasse meinen Arm aber rasch wieder sinken.

»Sie wollte am liebsten auf dieser Ranch bleiben. Wir hätten sogar wenig später dort eine Wohnung gefunden, aber ihr Kunststudium neigte sich dem Ende zu und sie hatte schon eine Galerie gefunden, die sie unter Vertrag nehmen wollte, so mussten wir noch ein paar Jahre warten.«

Die letzten Worte flüstert er fast. Seine Augen füllen sich mit Tränen, die er sofort wegwischt. Als er mich kurz ansieht, lächelt er. Ich kenne die Geschichte, zumindest die Version, dass meine Eltern sich auf der High-School ineinander verliebt haben und sie ein halbes Jahr nach dem College Abschluss ein Kind erwarteten. Dads Eltern sind ausgeflippt. Er hat wegen Mom schon sein Jurastudium geschmissen, um sich den Traum einer Musikkarriere zu erfüllen.

Und dann wagt diese Frau es, ihm ein Balg unterzujubeln.

Meine Großeltern väterlicherseits haben mich nur ein einziges Mal gesehen, das war auf dem Ultraschallbild, das mein Vater ihnen geschickt hat und sicher zerrissen im Papierkorb gelandet ist.

»Also hat sie wegen mir auf ihren Traum verzichtet. All die Jahre. Und jetzt wird sie nie ...«

Ich schlucke schwer. Meine Augen füllen sich mit Tränen und ich starre ins Leere.

»Du warst ihr Traum. Ich habe sie noch nie so glücklich gesehen, als sie dich endlich in ihre Arme schließen konnte. Danach hat sie nie wieder über etwas Anderes geredet.«

Er legt seine Hand auf meine. Ich schweige, weil ich keine Worte habe, die meinen Schmerz ausdrücken können. Es mischt sich ein neues Gefühl in mein Herz. Bedauern. Und Scham. Ich bedaure es, dass meine Mutter ihren Traum nicht leben konnte. Und ich schäme mich. Dafür, je geboren

worden zu sein.
Ich habe nicht das Recht, am Leben zu sein!

Ich schwanke zwischen Wach- und Traumphasen, in denen ich ausnahmslos das Gesicht meiner Mutter sehe. Die Enttäuschung in ihren Augen. Ich wünschte, ich könnte ihr sagen, wie sehr ich sie liebe und mir das alles Leid tut. Das Fotoalbum halte ich fest an meine Brust gepresst. Die Zeit verfliegt genauso schnell wie die öde Landschaft. Das Grün wird zu Braun, die leeren Felder trocken und kahl. Die Gleichgültigkeit in mir wird immer größer. Erst hatte ich Angst, aber in mir ist nur noch Leere. Was macht es für einen Sinn, den Traum einer toten Person zu leben? Ich verdiene es nicht, glücklich zu sein. Und erst Recht darf ich ihr ihren Wunsch nicht stehlen.
Ich habe ihr alles genommen.

Wir fahren von der Interstate auf den Highway und kommen an einem Schild 'Welcome to Weatherford' vorbei.
Willkommen im Niemandsland.
Mit jeder Meile wird meine Laune schlechter, das Loch in meiner Brust größer.
»Das wird bestimmt ganz schön hier. Warte mal ab, wenn wir uns hier eingelebt haben und du neue Freunde kennen gelernt hast. Ich denke, wir beide brauchen diesen Tapetenwechsel«, versucht Dad mich aufzumuntern.
Sein falscher Optimismus kotzt mich an.
Lass mich bloß in Ruhe! Ich würde am Liebsten aus dem Auto springen.
»Will ich mich denn hier einleben? Neue Freunde? Ich hatte nie welche, also kann ich auch keine NEUEN Freunde finden. Außerdem vermisse ich Daniel. Und unsere Wohnung«, antworte ich trotzig.

Daniel ist mein einziger richtiger Freund. Wenn ich daran denke, wie er mit seinen Kumpels loszieht und mich bald vergessen wird, zerreißt es mich innerlich.

Dad seufzt. Ich bin ein schwieriger Fall. Wenn ich mir etwas in den Kopf gesetzt habe, dann ist es fast unmöglich, meine Meinung zu ändern. Wir fahren durch die kleine Stadt. Ich sehe öde Häuser, öde Boutiquen und eine High-School. Mir fehlen die Wolkenkratzer New Yorks. Sie geben einem das untrügliche Gefühl, klein und unbedeutend zu sein.

Eine eisige Brise schlägt mir entgegen, als wir das alte Haus betreten. Unsere Kartons stapeln sich im großen Eingangsbereich. Dad hat sie schon vor einigen Tagen von einer Umzugsfirma hierher liefern lassen. Links geht eine Treppe ins Obergeschoss, rechts ist ein Kamin, in dem noch altes Feuerholz liegt. Alles ist heruntergekommen und verstaubt, die Luft riecht abgestanden.

Ich deponiere meine Taschen an einer Stelle, die nicht von Spinnenweben eingenommen ist, und reiße alle Fenster auf, um etwas von dem Licht und der Wärme ins Haus zu lassen.

»Na siehst du, gar nicht so schlimm. Hier hat nur jahrelang niemand mehr gewohnt. Aus den großen Räumen kann man sicher viel rausholen.«

Dads tiefe Stimme schallt in dem leeren Gebäude.

»Wir müssen erst alles putzen, bevor ich hier auch nur eine Nacht verbringe. Kannst du dir vorstellen, wenn dir im Schlaf irgendetwas in die Nase krabbelt?«, frage ich ernst.

Dads Lippen ziehen sich leicht nach oben und er muss sich ein Grinsen verkneifen. Das steckt mich etwas an und für einen Moment ist es fast wie früher, nur jetzt fühle ich mich matt und ausgelaugt.

Schnell tippe ich eine SMS an Daniel:

»Sind angekommen. Du glaubst gar nicht, wie lahm es

hier ist! Vermiss dich jetzt schon! :-(«

Als hätte er nur auf meine Nachricht gewartet, kommt prompt die Antwort:

»Du fehlst hier. Hab Mom angebettelt, ihre Cookies zu backen. Kann es kaum erwarten, dein Paket abzuschicken! Bist bestimmt fertig von der Fahrt. Musst du morgen schon in die neue Schule?«

Ich tippe sofort eine Antwort, weil ich nicht stillsitzen kann:

»Ich freu mich schon! Bin hundemüde, aber ich muss erst hier saubermachen. :-(Morgen erster Schultag. Hab echt keinen Bock drauf.«

»Du wirst das rocken! Aber ich wette, du wirst keinen Besseren wie mich finden ;-)«

»Das werden wir sehen. :-P Ich muss weiter machen. Ich melde mich bald wieder. Grüß deine Mom von mir. Bye«

»Mache ich. BB«

Das Handy landet schnell in meiner Tasche, bevor ich wieder heulen muss. Ein lautes metallisches Hämmern reißt mich aus meinen Gedanken.

»Daaad?«, rufe ich.

Sein Kopf lugt hinter der Wand zur Diele hervor.

»Ich repariere die Heizung, Liebes. Du willst doch nicht frieren heute Nacht, oder?«

Auch das noch. Es wird immer schlimmer.

»Hm. Eher nicht. Ich hoffe, du schaffst das, sonst ziehe ich in ein Hotel. Kannst du nicht einfach den Kamin anfeuern?«, frage ich schnell.

Wie Kanonenkugeln feuere ich die Worte auf meinen Vater. Sein Gesicht verliert die Fassung und er sieht mich betroffen an. *Na toll.*

»Nein. Der ist kaputt, ich muss erst einen Schornsteinfeger kommen lassen«, antwortet Dad und ehe ich eine Entschuldigung rausbringe, dreht er sich wortlos um und ist verschwunden.

Ich atme zitternd ein und kann die Tränen nicht mehr zurückhalten. Alle verlassen mich. Selbst mein Vater, den letzten Menschen, den ich noch habe, hasst mich. Und Daniel ist 1500 Meilen weit weg.

Ich stecke mir die Stöpsel in die Ohren, um meine düsteren Gedanken zu übertönen, und gehe in die Küche, um mir einen Kaffee zu kochen. Ich sehe mir die gelben Fliesen an, die vielleicht mal weiß waren. Die grünen Möbel waren vor 100 Jahren mal im Trend. Aber mittlerweile fallen sie fast auseinander. Hier gibt es noch eine Tür, in der sich ein kleines Regal befindet. Dort werden wir in den nächsten Wochen unsere Fertignahrung lagern. Das kleine Esszimmer hat eine Sitzecke aus dunklem Holz und schmutzigem, grünem Stoff. Ich gehe zurück in die Diele und schaue ins Wohnzimmer. In der Ecke steht ein riesiges blaues Sofa und das große Fenster zeigt in den Garten, in dem ein kleiner Kirschbaum steht und schon Knospen trägt. Ein alter Fernseher steht auf einem klapprigen Schrank - ich bezweifle, dass er funktioniert - und es gibt viele Bücher im Regal auf der gegenüberliegenden Seite des Raumes.

Die Schatten werden dunkler. Ich drücke auf den Schalter und die staubige Birne hüllt das Zimmer in gelbes Licht. Morgen ist der erste Tag in der neuen High-School und ich fange mitten im Schuljahr an. Alle werden mich anglotzen.

Ich suche die Kiste mit der Aufschrift »Putzkram« - irgendwer fand es witzig, einen zwinkernden Smiley drauf zu malen - und mache mich gleich an die Arbeit. Ich fange zuerst im großen Wohnzimmer bei den Fenstern an und wische den Dreck von den Scheiben. Ich reiße die alten Gardinen ab, die nach Tabakrauch riechen und total vergilbt sind und arbeite mich Raum für Raum vor. Mein Körper schreit nach Ruhe. Aber ich muss mich von meinen

Gedanken ablenken und weiß ganz genau, dass mich wieder die Albträume heimsuchen, sobald ich es wage, einzuschlafen. Als ich endlich den groben Schmutz beseitigt habe, richte ich das Abendessen an, es gibt Brot mit Dosenmais und Ketchup. Anschließend suche ich meinen Dad. Ich krame eine Taschenlampe aus einem der Kartons und steige die Treppe in den miefenden Keller hinab. Ein leises Schluchzen ertönt in der Stille und ich sehe ihn in der Dunkelheit vor dem Heizungskessel sitzen, der immer noch nicht läuft. Ohne ein Wort zu sagen setze ich mich neben meinen Dad und starre die Wand an.

»Es tut mir leid«, höre ich ihn nach einer Weile leise flüstern.

»Ich schaffe es nicht, dir ein warmes Heim zu bieten. Ich konnte deine Mom nicht beschützen. Ich kann gar nichts.« Er zieht die Nase hoch und wischt sich mit dem Ärmel über sein nasses Gesicht. Das ist das erste Mal, dass ich ihn so sehe. Nachdem Mom wegen mir ihr Leben verloren hat, schloss er sich drei Tage in seinem Zimmer ein. Die Wochen danach verschwimmen in meiner Erinnerung. Ich rutsche zu ihm und lege meinen Arm um seine Schultern. Er verliert jede Hemmung und schluchzt in seine Hände.

War ja klar. Ich mache alles kaputt.

Mein Gewissen schreit mich an, weil ich so hart zu ihm war. Ich will mich entschuldigen, aber ich bekomme kein Wort heraus. Mein Brustkorb zieht sich zusammen und meine Fingernägel bohren sich in meine Wade. Der Schmerz verhindert, dass ich in das Loch falle, das sich wieder unter mir bildet. Währenddessen ertönt aus dem rechten Ohrhörer das Lied, welches Dad nach meiner Geburt komponiert hat. Mein Herz pocht schmerzhaft in der Brust und mein Körper fühlt sich fast schwerelos an.

Musik bestimmt mein Leben.

Eintauchen in unbekannte, aber dennoch vertraute Welten. Alles fühlt sich echter an, wahrhaftiger als die Realität. Ich schließe die Augen und lasse mich fallen. Begebe mich auf Reisen. Gedanklich und emotional. Den Schmerz vergessen. Den Drang vergessen. Die Leere vergessen, die das Leben für mich bereit hält. Mich selbst vergessen.

Wortlos stehen wir auf und gehen Hand in Hand ins Esszimmer. Nach dem stummen Essen gehe ich hoch in mein Schlafzimmer. Es ist klein, aber durch das große Fenster fällt am Tag viel Licht hinein und hinter der Tür ist eine Nische, in der ein kleiner Sessel steht. Weil es so kalt ist, hole ich mir extra zwei weitere Decken aus den Umzugskisten und lege mich in das knarzende Bett. Mit dem Fotoalbum in meinem Arm starre ich in die Dunkelheit bis mir die Augen zu fallen. Ich nicke ein und wache immer wieder aus düsteren Träumen auf.

3. Kapitel

Das Schrillen des Weckers reißt mich aus meinem unruhigen Schlaf. Benommen stehe ich auf, ziehe mich an und gehe in das Bad. Ich lasse meine Haare offen, hinter denen ich mein Gesicht verstecken kann. Ich trage etwas von Moms Parfüm auf, das gibt mir hoffentlich etwas Sicherheit.

Nach dem Frühstück verabschiede ich mich von Dad, der seine neue Arbeit erst nächste Woche anfängt, um ein paar Arbeiten am Haus zu erledigen, und laufe zum Schulbus, der draußen schon wartet. Der Bus ist fast leer, nur ein Mädchen sitzt in der letzten Reihe. Sie hat langes, rotes Haar. Ihre großen blauen Augen versteckt sie unter ihrem Pony und sie trägt einen lilafarbenen Wollmantel mit einem grünen Schal. Sie hat nicht viel Ahnung von Mode, so wie ich. Mit der Zeit füllt sich der Bus. Die meisten Schüler sind jünger als ich und beachten mich nicht. Also scheine ich optisch nicht wirklich aus der Reihe zu fallen. Ich atme erleichtert auf. Als wir die Schule erreichen, steige ich als Letzte aus dem Bus. Ein schriller Schrei reißt mich aus meinen Gedanken und ich sehe, wie ein Junge den Schal des rothaarigen Mädchens von ihrem Hals zerrt und ihn in den nächsten Mülleimer wirft.

»Das hast du davon, du blöde ...«

Er macht eine obszöne Geste mit seiner Hand an seinem Mund und haut ab. Er rennt in meine Richtung. Ohne zu überlegen, ziehe ich das linke Bein nach vorn und sein Fuß verhakt sich an meinem Schienbein. Sein Gesicht landet auf dem Asphalt. Alle Umstehenden starren mich fassungslos an. *Fuck.*

Ich balle die Hände zu Fäusten und mache mich auf alles gefasst. Das Mädchen greift sich ihren Schal aus dem Mülleimer und rennt in die Schule. Der Junge steht auf und hält sich seine Wange. An seinem Kinn läuft ein kleines Rinnsal Blut hinunter und tropft auf seine teure Sportjacke. Er durchbohrt mich mit hasserfüllten Blicken und rempelt mich beim Vorbeigehen an.

Das fängt ja gut an. Jetzt glotzen alle. Scheiße, was mach ich nur hier?

Ich finde meine Klasse recht schnell. Als ich den Klassenraum betrete, sehe ich, dass das rothaarige Mädchen und der Junge, diesmal mit Pflaster im Gesicht, ausgerechnet meine zukünftigen Klassenkameraden sind. Das lässt meinen Mut von heute Morgen schnell wieder verschwinden.

»Guten Morgen Jennifer, schön, dass du hier bist. Stell dich doch mal der Klasse vor«, sagt Mr. Collins, mein neuer Klassenlehrer, bevor ich an ihm vorbeihuschen kann.

Auch das noch.

Wie ich ihn jetzt schon hasse. Bemüht, mein Zittern zu verbergen, stelle ich mich vor der gesamten Klasse hin und stammle meinen Namen und woher ich komme.

»Aha. Eine Stadtgöre! Sie ist sicher so eine hochnäsige Tussi. Die passt ja super zu unserer Schlampe Alison ...«, höre ich jemanden flüstern und mein Gesicht wird heiß.

»Sean!«, schimpft Mr. Collins, bevor dieser seinen Satz beenden kann.

Es war der Junge, der über mein Bein 'gestolpert' ist, jetzt weiß ich immerhin, wie der Idiot heißt. Ich husche in die letzte Reihe und setze mich auf den einzigen freien Platz neben dem Mädchen mit dem grünen Schal. Den Unterricht bekomme ich kaum mit.

Wie überall gibt es hier die typischen Teenager: Zwei Mädchen in Markenklamotten und so geschminkt, als könnte jederzeit ein Modelagent hereinstürmen und sie entdecken. Eine kleine Gruppe von Nerds, die in der vordersten Reihe sitzen und dem Lehrer buchstäblich an den Lippen hängen, drei gelangweilte Typen - einer davon ist natürlich Sean - die so aussehen, als würden sie alles und jeden angreifen, die schwächer (oder schlauer) sind als sie. Es gibt Gruppen hier, und in keine von diesen scheine ich zu passen. Den Rest des Vormittags verbringe ich damit, mich unauffällig zu verhalten. In der Kantine wartet dann die nächste Herausforderung auf mich: Wo setze ich mich hin? In dem Raum mit den grüngelb gestrichenen Wänden sind alle Tische belegt. Ich könnte mich zu den Nerds setzen, will mir aber nicht gleich am ersten Tag diesen Stempel aufdrücken lassen. Deshalb nehme ich mir nur einen Apfel und streife gedankenversunken durch die Gänge, bis die schrille Klingel mich aufschreckt.

Mist, wo bin ich?! Am ersten Tag verlaufen, das wird ja super.

Ein kleiner Schauer durchzuckt mich, weil ich in einem verlassenen Gang bin, den ich bis jetzt noch nie gesehen habe. An den Schildern erkenne ich, dass hier der Korridor für den Hausmeister und die Lehrer ist und versuche, mich zu erinnern, wo ich langgegangen bin.

Nach einigen Minuten finde ich endlich den Hauptgang, der mittlerweile wieder still ist. Bevor ich in das Klassenzimmer gehe, atme ich einmal tief durch.

Endlich zuhause angekommen falle ich erschöpft aufs Bett. Ich beschließe, mich nach einer Dusche wieder in den Bademantel einzuhüllen, meinen Schutz wieder aufzubauen und nie wieder herauszukommen. Bevor ich mich in Bewegung setzen kann, klopft mein Dad und kommt mit einer Pizza ins Zimmer.

»Na, wie war dein erster Tag? Ich habe die Heizung ans Laufen gebracht und ...« Er zögert. »Ist etwas passiert?«

Er scheint meinen Gesichtsausdruck mal wieder richtig gedeutet zu haben. Das ist so typisch für uns, wir spüren es regelrecht, wenn etwas mit dem anderen nicht stimmt.

»Hm. Außer dass ich einem Typen in meiner Klasse ein Bein stellen musste, war der Tag ganz ... 'Okay'«, sage ich und mache beim letzten Wort Gänsefüßchen in der Luft. Dad lächelt schwach.

»Hast du mal wieder für die Gerechtigkeit gekämpft? Das hast du schon als kleines Kind gemacht: immer wenn jemand Ärger machen wollte, bist du dazwischen gegangen und hast dir so oft ein blaues Auge geholt.«

Er umarmt mich, aber das kann die Leere in mir nicht verscheuchen. Schnell löse ich mich aus der Umarmung.

»Wie war dein Tag?«, frage ich, um mich abzulenken.

Lass mich bloß mit dieser Scheißschule in Ruhe!

»Ich war heute in der Stadt und habe zufällig einen Musikladen entdeckt. Ich bin sofort reingegangen, um zu sehen, was die so im Sortiment haben und dort habe ich jemanden getroffen, der eine kleine Pferderanch am Ende der Stadt besitzt. Henry Crawford heißt der Mann und er gibt Reitunterricht, bei dem wir gleich nächsten Samstag mal eine Probestunde machen können«, sagt er und muss sich ein Grinsen verkneifen.

Ich sehe ihn ungläubig an. Es war schon immer ein Traum von mir, Reiten zu lernen, aber dann denke ich an die Kosten und wie wir das bezahlen sollen. Mir wird schwindelig.

»Ich habe einen Nebenjob in dem Musikladen angenommen. Ich bin ein Experte auf diesem Gebiet. Und der Besitzer, David Rover, sucht noch jemanden, der ihm samstags unter die Arme greift.«

Dad klingt so optimistisch. Mein Herz wird schwer.

»Danke Dad.«

Mehr kann ich nicht sagen, es ist falsch. Meine Mutter

sollte das tun, nicht ich. Es war ihr Wunsch, hier ein neues Leben anzufangen, nicht meiner. Aber Dad würde es nicht verstehen. Er stapft aus dem Zimmer und ich vergrabe mich wieder in mein Loch.

Es ist alles so sinnlos.

Die Tage ziehen sich wie Kaugummi. Ich habe jegliches Zeitgefühl verloren. Sean lässt mich bis jetzt in Ruhe, aber ich spüre jeden Tag seine stechenden Blicke in meinem Rücken.

Am Mittwoch im Englischkurs setzt sich ein Mädchen mit kurzen braunen Haaren zu mir.

»Hey, ich bin Coraline, aber alle sagen Cora zu mir. Du bist Jennifer, richtig? Wow ... aus New York ... Du musst es hier ja mega langweilig finden!«

Ich bin zu perplex, um zu antworten. Deshalb quasselt sie einfach weiter.

»Hab gehört, was du mit Sean gemacht hast. Krass! Aber pass auf, der schlägt irgendwann bestimmt zurück!«

Cora gräbt in ihrer Tasche nach ihrem Buch. Meins liegt bereits offen auf meinem Tisch. Die meisten Seiten sind vollgekritzelt mit Notizen.

»Ah, ja. Okay. Danke für die Warnung. Ja, ich vermisse die Stadt schon ein bisschen. Die Häuser hier sind so winzig«, sage ich und Cora lacht.

Sie will noch etwas erwidern, aber der Lehrer erlöst mich, als er die Klasse zur Ruhe ermahnt. Sie reißt stattdessen ein Stück aus ihrem Heft ab, kritzelt etwas und schiebt es mir unter mein Buch. Ich hebe es unauffällig an und wage einen kurzen Blick darauf.

Setz dich heute in der Kantine zu mir! Ich sitz immer am Fenster. :-)

Ich drehe mich unauffällig zu ihr um und lächle sie an.

In der Mittagspause muss ich nicht lange suchen, um Cora

zu finden. Sie ist die Lauteste von allen. Ich nehme mein Tablett und schlängle mich zu dem Tisch, an dem Cora, ein weiteres dickliches Mädchen und zwei Jungs sitzen.

»Jennifer! Komm, setz dich neben Ben!«, ruft Cora und deutet auf den schwarzhaarigen Jungen in Lederjacke und zerrissenen Jeans.

Er hat stahlblaue Augen und sieht mich erwartungsvoll an. Eine kleine Narbe an der Schläfe lässt ihn gefährlich, aber nicht weniger attraktiv aussehen.

»Hi Leute«, sage ich zurückhaltend und stelle mein Tablett auf den Tisch.

Ich setze ein Lächeln auf. Hoffentlich merkt niemand, dass ich lieber allein sein will.

»Das sind Ben, Mike und Nancy. Ich hab ihnen schon erzählt, wie du Sean an deinem ersten Tag fertiggemacht hast«, plaudert Cora los und zeigt nacheinander auf den schwarzhaarigen Jungen neben mir, den blonden Muskelprotz und das Mädchen.

Nancy guckt, als hätte sie etwas Ekeliges gegessen. Ihre strohigen Haare hat sie zu einer seltsamen Hochsteckfrisur frisiert.

»Warum hast du das denn gemacht?«, will Mike wissen.

»Er hat so ein Mädchen geärgert. Alison heißt sie, glaube ich. Sie sitzt in der Klasse neben mir und redet kein Wort. Ich fand das so gemein von ihm, deshalb hab ich ihm ein Bein gestellt, als der an mir vorbei gerannt ist«, sage ich schulterzuckend, was mir bewundernde Blicke einbringt.

Nur Nancy rümpft die Nase.

»Echt jetzt? Ally? Vergiss die! Die hat es nicht anders verdient!«, spuckt sie aus. Cora guckt sie mahnend an, als sie dazwischenfährt.

»Ach, hör mal auf. Jennifer hat es gut gemeint. Außerdem braucht der Arsch mal ´ne Abreibung.«

»Ja. Es gibt kaum einen, den er nicht mal auf den Kieker

hatte. Besser du gehst ihm aus dem Weg. Mich hat er mal einen ganzen Tag im Wandschrank der Bücherei eingesperrt«, sagt Ben und klaut Nancy ihren Pudding, was sie mit einem entrüsteten 'Ey!' kommentiert.

Das kann ich mir vorstellen. Ben ist klein für sein Alter und ziemlich dürr. Sean ist wirklich ein Idiot.

»Und was ist mit dieser Alison? Was hat sie denn gemacht, dass sie es verdient hat, so behandelt zu werden?«, frage ich an Cora gerichtet.

Sie ist so still und unscheinbar. Ich kann mir kaum vorstellen, dass Alison einer Fliege was zu Leide tut.

»Ach, vergiss das. Erzähl mal, wie ist es so in New York?« Damit war das Thema beendet. Diese Frage versetzt mir einen Stich. Ich versuche, mir nichts anmerken zu lassen, obwohl ich am Liebsten wegrennen würde.

»Wahnsinnig toll ... im Vergleich zu hier. Nichts gegen eure Stadt ...«.

Den letzten Satz füge ich noch schnell hinzu, um es mir nicht am ersten Tag mit meinen neuen Bekannten zu verscherzen.

»Nein, hier ist echt tote Hose. Bei euch schläft die Stadt nie, oder? Ich hab Bilder gesehen, von den riesigen Leuchtreklametafeln und Long Island ... Ein Traum! Ich bin nie weiter als bis Dallas gekommen. Und das kann man nicht vergleichen!«, schwärmt Cora.

Long Island.

Regen klatscht mir ins Gesicht. Die Wellen brechen an der Sandbank und weiße Gischt umspült meine nackten Füße. Ich kiekse und laufe immer weiter hinein, bis das kühle Wasser meinen Bauchnabel erreicht. Am Horizont ziehen dunkle Wolken auf. Mein Blick verliert sich an dem Punkt, auf dem der Himmel das Meer küsst. Meine Zunge leckt die salzigen Lippen und ich atme die klare Luft ein. Ich bleibe

stehen und verliere mich in diesem Anblick. Der Ozean
zerrt an mir und will mich mit sich ziehen. Mit einem Ruck
werde ich aus dem Wasser gezogen und Mom drückt mich
fest in ihre Arme. Sie gibt mir einen warmen Kuss auf die
Stirn und trägt mich vom Strand.

»Nein, nichts ist damit vergleichbar«, sage ich mehr zu
mir selbst und lächle traurig, während ich ins Leere starre.

Endlich Freitag. Die Woche flog nur so an mir vorbei und
ich werfe meine Sachen achtlos auf mein Bett. Mir fällt ein
Brief auf, der auf meinem Kissen liegt.
Das blaue Kuvert wurde mit vielen Cookie-Stickern beklebt.
Er ist von Daniel! Ich werfe mich bäuchlings auf das Bett
und greife danach, wie nach einem rettenden Strohhalm,
der mir die lebensspendende Luft verspricht, und reiße ihn
auf. Das Papier scheidet sich in meine Haut, aber ich
ignoriere den Schmerz.

Hey Cookie!

Ich hoffe, es geht dir ganz gut da unten. Ich schreibe Dir
jetzt einen Brief, weil ich nicht so oft SMS schicken kann.
Außerdem wollte ich schon immer eine Brieffreundin
haben.
Du hast dir sicher schon ganz viele Typen geangelt. ;-) Ich
werde schon eifersüchtig bei dem Gedanken. Leider konnte
ich mich noch nicht an mein Versprechen halten, dir Moms
weltberühmte Cookies zu schicken, weil ich so viel zu tun
habe mit den Vorbereitungen für das College. Mom will
mich an die State University in New York schicken, damit
ich Psychologie studiere, aber ich will unbedingt an die
Northern Michigan University, das ist das einzige College,
an dem ich Fotografie studieren kann und das wir uns

leisten können. Ich schaffe es noch, meine Mutter zu überreden. Dann putze ich mal eine Woche lang die Wohnung oder sowas.

Ich würde am Liebsten zu dir nach Texas kommen. Du glaubst gar nicht, wie sehr ich dich vermisse! Aber gerade ich muss hier rumheulen, wenigstens habe ich meine Leute hier. Antworte mir bitte ganz schnell, sonst muss ich doch noch vorbeikommen. Und wenn ich den ganzen Weg zu Fuß laufen muss! ;-)

Bis bald dein Daniel

»Ich vermisse dich auch!«
Ich schluchze kurz auf und trockne meine Wangen. Schon beim ersten Wort musste ich weinen. Kurz denke ich darüber nach, ihm nicht zurückzuschreiben, um zu sehen, ob er tatsächlich den langen Weg auf sich nimmt, verwerfe den Gedanken jedoch wieder. Sofort schreibe ich ihm eine Antwort, die nicht sehr ausführlich ausfällt. Das mit Sean verschweige ich ihm, sonst steht Daniel in zwei Tagen vor meiner Tür.

Hey Daniel!

Mir geht es ... es ist okay. Fühle mich ziemlich einsam hier. Habe in der Schule aber ein nettes Mädchen kennengelernt. Sie heißt Cora und geht in einigen Kursen mit mir. Schade, dass es mit den Cookies nicht geklappt hat. Ich könnte etwas Aufmunterung gebrauchen. Aber mach dir wegen mir keine Umstände. Ich komme klar.
Grüße deine Mom ganz lieb von mir. Und sag ihr, sie soll nicht zu streng mit dir sein. ;-)
Melde dich bitte ganz bald wieder bei mir. Ich vermisse dich so übel!

Deine Jen <3

Am Samstag bringe ich den Brief zur Post. Danach wandere ich durch die Stadt. Hier ist alles so weitläufig und als ich an der Hauptstraße entlanggehe, kann ich bis zum Horizont blicken. In New York ist man umringt von grauen Wolkenkratzern und das Rauschen der Autos hört man bis tief in die Nacht. Ich setze mich auf eine Bank an der Bushaltestelle. Der Bus kommt erst in einer halben Stunde, also beschließe ich, Daniel anzurufen. Gleich nach dem dritten Klingeln geht er ran.

»Hey, Cookie! Alles klar bei dir?«

»Hi. Ja, es geht so. Ich hab' gestern deinen Brief bekommen und gerade meine Antwort für dich zur Post gebracht. Guck' mir gerade ein bisschen das Kaff hier an.«

»Oh, ist es echt so schlimm?«

Ich überlege, wie viel ich ihm erzählen kann. Er ist manchmal so überbesorgt und hat einen übertriebenen Beschützerinstinkt, wenn es um mich geht.

Es ist kacke hier. Ich will nur nach Hause und dass alles so wird, wie vor Moms Tod.

»Hab ein paar Leute kennengelernt. Die sind ganz okay. Schule ist wie in New York. Unser Haus ist echt groß, wir haben sogar eine kleine Scheune. Vielleicht kann ich daraus einen Wohnbereich machen, in dem du dann wohnen kannst, wenn du mich mal besuchen kommst.«

Mein Hals schnürt sich zu und ich schlucke die aufkeimenden Tränen hinunter.

»Das klingt doch gar nicht so übel. Mit der Zeit wird es leichter. Ich freue mich schon, wenn ich euer neues Haus sehen kann. Es wird aber noch dauern, bis ich kommen kann. Mom besteht darauf, dass ich mich jeden Tag um die Vorbereitungen fürs College kümmere. Sie will ja, dass ich es später mal besser hab als sie.«

»Ja, das solltest du auch. Ich will dich nicht länger aufhalten. Lass mich nicht zu lange auf deine Antwort warten, wenn mein Brief angekommen ist!«

»Mach ich nicht. Und Kopf hoch, es wird sicher besser.«

»Ja, danke dir. Bis dann.«

Ich lege auf und atme tief ein. Die frische Frühlingsluft durchströmt meine Lunge und die bedrückende Schwere verlässt meine Gliedmaßen. *Alles wird gut.*

Die nächsten Tage verlaufen recht normal. Da ich die Neue in der Schule bin, werde ich von allen Seiten begafft. In der Mensa habe ich mittlerweile einen Platz gefunden. Cora plappert die meiste Zeit, aber alleine zu sitzen wirkt so erbärmlich und die Zeit mit den Vieren lenkt mich von meinen Gedanken ab. Sean hat mich bis jetzt in Ruhe gelassen, aber ich sehe es an seinem Blick, dass er irgendetwas plant.

Ich mache mich auf dem Weg zum Schulbus. Es wird wärmer und Vögel zwitschern im Wald hinter unserem Haus. In der Böschung blitzt rotes Fell auf und ich sehe noch, wie ein kleiner Fuchs hinter einem Baum verschwindet.

In der Klasse angekommen, boxt mich jemand von hinten und ruft:

»Naaaa, alles klar?!«

Ich drehe mich stöhnend um und sehe Sean in der Tür stehen.

»Was willst du?«, frage ich misstrauisch.

»Ich hab gehört, dass du bald Reitstunden nimmst! Na hoffentlich fällst du nicht vom Pferd!«

Wow, sehr geistreich.

Er beendet den Satz mit einem lauten Lachen, so dass sich alle nach uns umdrehen. Ich rolle mit den Augen und versuche krampfhaft, nicht rot zu werden, und frage ihn, woher er das denn wissen will.

»Meinem Onkel gehört die Farm. Und der hat mir erzählt, dass die kleine Prinzessin von dem Typen, der die alte Bruchbude am Ende der Stadt gekauft hat, bei ihm Reitstunden bekommt. Reiten könnte ich dir auch beibringen!«

Sean und alle Umstehenden krümmen sich vor Lachen. Ich verfluche meine Wangen, die wieder spürbar rot werden.

»Onkel Henry fragt sich nur, woher der Kerl das Geld nimmt. Er macht sich bestimmt Sorgen, dass du auf die Straße gehst um dich zu - «

KLATSCH

Meine Hand fliegt wie selbstständig in sein Gesicht und ich starre ihn hasserfüllt an. Die plötzliche Stille schreit förmlich in meinen Ohren. Alle glotzen mich an. Auch Mr. Collins, der gerade die Klasse betreten hat.

»Miss Clarkson, Mister Crawford, bitte kommen sie mit. Und die anderen gehen zurück auf ihre Plätze und fangen mit den Aufgaben im Buch auf Seite 52 an!«

Na super. Auch das noch. Ich wünschte, ich könnte tot umfallen.

»Ich denke, da liegt nur ein Missverständnis vor. Sehen Sie, Miss Clarkson nahm an, dass ich sie beleidigen wollte. Ich habe sie nur über die Gerüchte informiert, die in der Schule kursieren.«

Wie Sean sich beim Schuldirektor einschleimt. Ich muss aufpassen, dass ich ihm nicht auf seine teuren Sneaker kotze.

»Ach was. Du wolltest mich doch nur provozieren …«

Bevor ich weiterreden kann, unterbricht mich der Direktor.

»So wollen wir aber nicht anfangen, das ist eine

anständige Schule und hier benehmen wir uns nicht wie im Affenhaus!«

Er blickt Sean und mich abwechselnd an. Die Falte zwischen seinen Augenbrauchen wird immer tiefer. Ich stocke und muss schlucken. Mit jedem Wort wird er lauter. Die Adern an seinem fleischigen Hals treten hervor und sein Gesicht wird dunkelrosa.

»Dieses Verhalten ist mir an ihrem ersten Schultag schon aufgefallen. Ohne ersichtlichen Grund hat sie mir ein Bein gestellt, sodass ich gefallen bin und mich verletzt habe«, sagt Sean und guckt wie ein unschuldiges Lamm.

Ich atme zischend ein, um zu widersprechen, aber der Schulleiter unterbricht ihn mit seinen blitzenden Augen.

»Ruhe! Sean, Sie fallen auch regelmäßig negativ mit Ihrem Verhalten auf! Ich denke, es wäre für euch beide hilfreich, wenn Ihr heute Nachmittag eine Stunde nachsitzt, um Euch besser kennenzulernen.«

Ich bezweifle das. Aber der Direktor wendet sich wieder seinen Unterlagen zu und beendet damit das Gespräch.

Fuck. Ich muss mich mehr zusammenreißen.

In der Kantine setze ich mich wieder zu meinen Freunden, kriege aber keinen Bissen runter. Ich verstehe nicht, wie mich so ein ätzender Wurm so zur Weißglut treiben kann. Aber lieber habe ich den Ruf eines Rowdys als den einer Hure. Mir schießen die Tränen in die Augen. Schwerfällig stehe ich auf und bringe mein volles Tablett zurück. Coras fragenden Blick ignoriere ich. In der Mädchentoilette schaue ich mich um, ob jemand da ist.

Gott sei Dank, ich bin alleine.

Ich schließe mich in eine Kabine und lasse meinen Tränen freien Lauf. Alles war so perfekt, als Mom noch da war.

Ich habe kein Recht dazu, weiterzuleben.

Es wird nie wieder so sein wie früher.

Muss weitermachen. Irgendwie ... Nein, ich kann nicht.
Aber für Dad muss ich es versuchen. Ich atme tief ein und stehe auf. Ich spritze mir kaltes Wasser ins Gesicht und auf meine Arme und stapfe wieder in meine Klasse.

Die letzten Stunden ziehen sich endlos: amerikanische Geschichte - irgendetwas über einen alten Präsidenten -, Biologie und Musik. Nicht einmal das letzte Fach kann mich aufmuntern. Zuletzt dann Nachsitzen. Der Raum ist fast leer, nur ein großer Typ mit Wollmütze und Bartstoppeln sitzt in der hintersten Reihe. Er sieht aus, als würde er öfter hier seine Nachmittage verbringen. Ich setze mich ans Fenster und hole mein Heft und einen Stift aus der Tasche.
Als ich den Stift ansetze, öffnet sich die Tür und Sean betritt den Raum. Ich vermeide den Blickkontakt, aber im Augenwinkel bemerke ich seine stechenden Blicke.
Tief durchatmen Jen. Konzentriere dich.
Wir haben keine bestimmte Aufgabe bekommen, also schreibe ich einfach drauf los. Die Worte scheinen nur so aus meinem Kopf zu wollen. Als die Stunde vorbei ist, bin ich überrascht, wie viel ich geschrieben habe.

Endlich zuhause. Endlich allein.
Ich bin als Letzte aus der Schule gegangen, in der Hoffnung Sean nicht über den Weg zu laufen, und er war zum Glück schon weg. Bevor ich mich umziehe, lese ich mir noch einmal durch, was ich geschrieben habe:

Warum bin ich nur so?
Egoistisch, unachtsam, rücksichtslos.
Ich habe mich zurückgezogen, eingesperrt in

mich selbst und jetzt dringt nichts mehr zu mir durch.
Ich falle in der Dunkelheit. Durch das bedeutungslose
Stimmengewirr. Der Boden ist nicht mehr weit
entfernt. Ich hoffe, der Aufprall wird hart und
bringt mir die ersehnte Stille.
Ich laufe einen Marathon auf dem Drahtseil.
Jede Abweichung meiner Selbstkontrolle
bedeutet den sicheren Absturz. In diesem
Moment wehen die Winde und bringen das Seil
zum Beben. Lasse ich mir Flügel wachsen und
fliege alleine davon? Oder lasse ich mich fallen?
Schlage die Hände beiseite, die mich retten
wollen.
Ich schreibe diese Zeilen, der Wind legt sich.
Das Seil wird weiter abgenutzt.
Bis es reißt.

4. Kapitel

Dad lädt mich nach der Schule zum Essen beim Italiener ein. Das einzige italienische Restaurant im Umkreis von 80 Meilen.

»Ich habe heute meinen ersten Lohn bekommen und dachte, das wäre eine tolle Möglichkeit, mal rauszukommen«, sagt er und studiert die Speisekarte.

Ich nicke nur und sehe mir die Gerichte an. Von der Ohrfeige und dem Gespräch beim Schulleiter weiß er nichts. Besser, ich behalte es erstmal für mich und reiße mich zusammen.

»Das war eine super Idee Dad. Ich liebe italienisches Essen!«

Ich bestelle mir Pasta und eine Coke. Gedankenverloren lasse ich den Blick schweifen. Überall hängen Bilder aus Italien. Es fühlt sich fast an wie Urlaub.

»Wie ist die neue Schule? Hast du schon Bekanntschaften gefunden?«, fragt Dad und sieht mich besorgt an.

»Ja, ich habe mich mit einem Mädchen aus meinem Englischkurs angefreundet, sie heißt Coraline und ich treffe sie und drei Leute aus ihrer Klasse immer beim Mittagessen.«

»Wenn du dich mal mit denen verabreden willst, dann tu das. Es wird dir guttun. Ich habe leider nicht so viel Zeit für dich, wie ich es gerne hätte«, antwortet er.

»Nein, ist schon okay, Dad. Ich helfe dir, wann immer ich kann.«

Ich brauche Zeit alleine. Jeden Abend starre ich Moms Fotos an. Jede Nacht weine ich mich in den Schlaf und wache immer wieder aus meinen Albträumen auf.

Ich hab es nicht anders verdient.

Als wir das Restaurant verlassen wollen, fällt mir ein gelber Zettel auf, der am Tresen klebt.

Aushilfe gesucht!

»Schau mal, Dad, ich könnte etwas bei der Renovierung beisteuern«, sage ich.

Ohne eine Antwort abzuwarten, suche ich den Besitzer auf. In Wahrheit suche ich nur nach Möglichkeiten, um mich von meinen quälenden Gedanken abzulenken. Aber ich weiß, dass es nur ein schwacher Versuch ist. Sobald mich nachts die stille Dunkelheit umhüllt, bin ich wieder in meinem albtraumhaften Kerker gefangen.

Eine Woche später trete ich den ersten Tag in meinem Nebenjob im Leonardo´s Diner an. Dad hält es für eine gute Idee, wenn ich öfter das Haus verlasse und neue Leute kennenlerne. Obwohl ich ihm ansehe, dass er mich am Liebsten die ganze Zeit um sich haben will.

Nach der Schule schlinge ich den Apfel runter, den ich mir heute Morgen schnell eingepackt habe, und steige in der Stadt aus dem Schulbus aus. Mit schweren Schultern gehe ich zum Restaurant. Ich sehne mich nach meinem Bett, aber ich zwinge mir ein Lächeln ins Gesicht und betrete den Laden. Nach einer kühlen Begrüßung darf ich anfangen, Salat zu waschen und Gemüse zu schneiden. Wenigstens kann ich dabei nichts falsch machen. Die Kollegen sind nett und das Restaurant hat zwei Angestellte: Maurice, der Koch und Vater von Francesco, der seit vielen Jahren schon hier lebt und arbeitet und die neunzehnjährige Kellnerin Sarah. Maurice ist ein stiller Typ mit kugelrundem Bauch. Mit seinem grauen Schnäuzer und der Kochmütze sieht er fast aus wie ein Maskottchen aus der Werbung.

»Du machst das ganz gut, vielleicht kann ich dich bald schon in den Service zu Sarah stellen. Du solltest dich mit ihr anfreunden, sie kann dir bestimmt helfen«, sagt Francesco lächelnd, aber seine Augen sehen mich fast mitleidig an.

Dad hat ihm sicher unsere Geschichte erzählt.

Das ist ja wie im Zoo! Sollte mir ein Schild um den Hals hängen: Das Mädchen, das seine Mutter ermordet hat!

Als ich aus dem Mitarbeiterausgang hinter dem Haus rausgehe, sehe ich Sarah in einer Nische rauchen. Ihre kurzen schwarzen Haare stehen in alle Richtungen ab. Maurice erzählte mir, dass sie schon mit 13 von der Schule geflogen ist, weil sie dort irgendwelche Probleme hatte. Seitdem ist sie bei Francesco angestellt, der sie bei sich aufgenommen hat, weil ihre Eltern sie nicht mehr bei sich zuhause haben wollten. Die Gründe hat er mir nicht erzählt. Ich krame mein Handy aus der Tasche, um Daniel eine SMS zu schicken.

»Auch eine?«, fragt sie mit einem verschmitzten Lächeln, ihre grauen Augen sehen mich intensiv an.

»Nein danke. Ich rauche nicht. Außerdem würde mich mein Dad umbringen«, sage ich schüchtern und um das zu überspielen, zwinkere ihr zu.

»Das kann ich mir vorstellen. Hast du dich schon in diesem Kaff eingelebt?«, fragt sie spöttisch.

»Hier ist echt tote Hose!«, antworte ich augenrollend.

»Das kannst du laut sagen. Ich fahre manchmal nach Dallas, wenn du willst, nehme ich dich das nächste Mal mit. Sag einfach Bescheid, wenn du mal hier raus musst.«

Sarah nimmt mir ohne Hemmungen mein Handy aus der Hand und tippt ihre Nummer ein.

»Ruf mich an, dann zeig ich dir ein paar coole Ecken.«

»Klar. Ich muss los, wir sehen uns«, sage ich.

Bevor ich mich zum Gehen wende, umarmt sie mich zum Abschied. Sie riecht nach Rauch und mir fährt es kalt den Rücken hinunter. Aber sie ist warm und ich lasse die

Umarmung einige Sekunden zu, bis sie sich von mir löst.

Ich laufe zu Fuß nach Hause, um den Kopf freizukriegen. Bis ich zuhause bin, denke ich noch etwas über Sarah nach. Ich kann mir nicht vorstellen, warum Eltern ihr Kind nicht mehr bei sich haben wollen. Das macht mich traurig und wütend zugleich. Ich spüre einen Kloß im Hals und gehe schneller. Zuhause angekommen sehe ich Dad schon wieder bei der Arbeit und frage, ob ich ihm helfen soll.

»Du kannst bitte auf den Dachboden gehen und gucken, was dort zu tun ist. Den haben wir in dem Trubel ganz vergessen! Nicht dass es hier doch spukt!«
Er sieht sich ängstlich um und wir beide müssen grinsen.
Es ist fast wie früher.
Mein Grinsen gefriert und ich schüttele den Kopf.
Nein! Ich habe es zerstört! Muss leiden ... bis zum Schluss.
Immer, wenn ich alleine bin und nichts tun kann, außer nachzudenken, zerrt der Schmerz an meinem Herzen. Ich schlurfe die Treppe nach oben und lasse die Leiter zum Speicher hinunterfallen. Es ist stickig hier und ich muss erst die zwei großen Fenster aufreißen, um Luft zu kriegen.
Hier liegt sehr viel Staub rum. Kartons und Müllsäcke stapeln sich überall. Der Staub kitzelt in meiner Nase und ich niese laut. Ich fange vorne an und entdecke alte Briefe und Fotoalben, es waren gutaussehende Menschen und der Kleidung nach zu urteilen, müssen sie auch viel Geld gehabt haben. Kaum zu glauben, dass dieses Haus sich selbst überlassen wurde.
Die Briefumschläge sind vergilbt und ich finde ein kleines Bündel, welches ungeöffnet ist. Ich zögere, aber dann schneide ich das Band auf und öffne einen der Briefe. Ich glaube, dass diese Briefe nach dem Umzug der Familie zugestellt und von den Angehörigen hier einfach abgeladen

und vergessen wurden. Auf dem Briefkopf ist ein militärisch aussehender Stempel. Irgendwas mit »Army« kann ich noch entziffern, das Datum zeigt den 13. April 1950. Wahnsinn, so lange hat hier niemand mehr gewohnt? Das erklärt die grässliche Tapete und die antiken Möbel hier. In dem Brief geht es um einen Harry Dawson, der bei einem Manöver in Korea verschwunden ist.

Ich schaue die Familienporträts an und stelle mir vor, wie die Frau nächtelang wach lag und auf Nachricht wartete. Auf den Bildern kann ich vier Kinder erkennen, drei Jungs und ein Mädchen. Ich schaue mich weiter um und in mir formt sich langsam das Bild einer glücklichen Familie, die hier ihr ganz normales Leben führte. Die Schwerkraft zieht mich zu Boden und ich falle auf die Knie. Mein Herz pocht wahnsinnig schnell, mein Atem stockt.

So etwas werde ich nie haben. Ich werde niemals jemanden glücklich machen können. Kann nur Chaos und Unheil stiften! Ich sollte für immer in diesem dunklen, staubigen Loch bleiben, bis irgendwer meine leere Hülle findet. Es wäre für alle besser gewesen, wenn Mom mich nie bekommen hätte!

Tränen tropfen auf den Boden und hinterlassen dunkle Flecken in dem Staub. Ich kneife die Augen zusammen. Meine Arme schlingen sich immer fester um meine Brust.

Reiß dich zusammen!

Ich beiße mir auf die Zunge und langsam entspannt sich mein Körper. Zitternd stehe ich auf und mache mich wieder an die Arbeit.

Ich finde viele Kinderbilder und altes Spielzeug, oft kaum benutzt und ich fange an, diese Dinge zu sortieren. Nach zwei Stunden und gefühlten hundert Pappkartons sehe ich unter dem Gerümpel eine alte Holzkiste. Als ich hineinsehe, finde ich Frauenkleidung. Viel Tüll und Farbe. Mein Hals schnürt sich zu. Es erinnert mich sehr an meine Mom. Sie trug gerne noch solche Kleidung und es war ihr egal, dass es schon lange nicht mehr in Mode war. Aber es passte einfach zu ihrer frischen und fröhlichen Art.

Ich wische eine Träne fort und schließe die Kiste wieder. Die hebe ich mir für den Schluss auf. Nach einer weiteren Stunde schaut Dad endlich vorbei und ruft mich zum Essen.

»Na klar. Ich verhungere schon!«

Ich spüre zum ersten Mal seit langem wieder echten Appetit. Gleich darauf meldet sich mein Magen mit einem vorwurfsvollen Grummeln. Der Zusammenbruch hat viel Kraft gekostet. Noch immer zittere ich am ganzen Körper.

»Ich schaue mir noch eben den Schrank dort an, dann komme ich runter«, rufe ich ihm zu.

»Gut, aber wenn du in fünfzehn Minuten nicht unten bist, gibt es kalte Bohnen!«

Urghs. Bohnen!

»Ja, ist gut. Ich komme gleich!«

Der Schrank bietet nicht so viel Interessantes wie die Holzkiste, aber ich finde eine kleine Flasche mit einer Ballerina drin. So etwas habe ich noch nie gesehen und schaue es mir genauer an: Auf dem Etikett steht *Bols Ballerina* und ich entdecke auf dem Boden einen Aufziehschlüssel. Eine Spieluhr! Ich ziehe sie auf und sie spielt eine Art Walzer. Ich höre mir das Lied bis zum Ende an und schaue der Tänzerin zu, in Gedanken an eine Zeit, in der alles noch gut war.

Ich stelle die Spieluhr auf mein Nachtschränkchen und lasse mich in den Schlaf spielen. Nacht für Nacht.

Es ist Samstagmorgen und ich darf endlich zum Reitunterricht. Jede Woche soll ich für zwei Stunden vorbei kommen und zuerst lernen, wie man mit den Pferden umgeht, beim Striegeln und Satteln helfen und Futter und

Wasser geben. Sie müssen sich schließlich an mich gewöhnen, heißt es.

Ich ziehe eine ausgeblichene Jeans, ein Langarmshirt und einen grünen Pullover an, der mir zwei Nummern zu groß ist. Für Ende April ist es heute früh sehr frisch und schwere Wolken ziehen über den grauen Himmel. Dad ist schon auf dem Weg in den Musikladen. Jeden Samstag bis abends darf er dort aushelfen. Das ist gutes Geld und er hat den Kontakt zur Musik, auch wenn er noch immer nicht selbst daran denkt, je wieder Piano zu spielen.

Als ich rausgehe, weht mir der kalte Wind ins Gesicht. Ich ziehe meinen Mantel enger und verstecke Mund und Nase in meinen Schal.

Der Morgentau benetzt die Kirschblüten, die in den letzten Tagen aufgeblüht sind. Das Rosa ist der einzige Farbtupfer unter dem grauen Himmel.

Nach dreißig Minuten Fahrt bin ich endlich angekommen und sehe, wie Mr. Crawford schon grinsend auf mich wartet. Sein Hemd spannt über den aufgeblähten Bauch und ich befürchte, dass die Knöpfe jeden Moment abplatzen. Seine kleinen Schweinsaugen mustern mich von oben bis unten und mir wird übel. Kaum zu glauben, dass Alison seine Tochter ist, sie hat wohl das Aussehen ihrer Mutter geerbt; rote Locken, große, blaue Augen und Sommersprossen zieren das ganze Gesicht.

»Hallo, meine Liebe! Na dann fangen wir mal mit den Grundlagen an. Du darfst meiner Tochter beim Ausmisten der Ställe helfen und wenn noch Zeit übrig ist, stelle ich dich den Pferden vor.«

Ich folge ihm in den hinteren Teil des Hofes und sehe den grünen Schal von weitem leuchten. Alison und ich haben bis jetzt nur ein paar Worte in der Schule gewechselt. Ich habe die Hänseleien mitbekommen. Sie tut mir leid und ich nehme mir vor, nett zu ihr zu sein und mich mit ihr anzufreunden.

»Jennifer, das ist meine Tochter Alison. Ihr kennt euch sicher aus der Schule. Alison, du weißt, was zu tun ist. Und ich kontrolliere genau, denke dran!«, sagt er mit erhobenem Zeigefinger.

Bevor ich noch etwas sagen kann, stapft er davon und ich wende mich an Alison, die mich schüchtern unter ihrem Pony hervor ansieht.

»Hallo. Also Ställe ausmisten, ja?«, sage ich grinsend, um die Situation etwas aufzulockern, weil ich sehe, dass ihr das Ganze etwas unangenehm ist.

»Ja. Die Stallburschen sind bis Juni bei ihren Familien in Terlingua. Das Land dort ist karg und es gibt nicht viel Arbeit, deshalb hat mein Vater ihnen über den Sommer Arbeit angeboten«, sagt sie schüchtern.

Sie schaut die ganze Zeit auf ihre Füße, die in kaputten gelben Stiefeln stecken.

»Also musst du das dann machen«, stelle ich fest. »Bist du ganz alleine hier?«

Sie hebt jetzt doch den Blick und sieht mir in die Augen. Die Maserung ihrer grün-blauen Iris fasziniert mich und ich muss blinzeln, um mich nicht darin zu verlieren.

Was ist los mit dir, Jennifer?!

»Ja. Mein Vater ist der Meinung, dass ich genug Zeit habe, um mich um die Pferde zu kümmern. Na ja, das habe ich ja auch ...«

Sie schaut traurig weg. Ich bin zwar nicht die beliebteste Person, aber ich habe immer ein paar Leute, die ich manchmal treffe. Ich kann mir nicht vorstellen, dass sie außer ihrem Vater niemanden hat.

»Hey, jetzt hast du ja mich, dann geht das sicher schneller.«

Mein Versuch sie aufzumuntern scheint Früchte zu tragen, denn sie lächelt zaghaft und zeigt mir die Ställe. Wir kommen an den Pferdeboxen vorbei und sie stellt mir ihren Hengst vor.

»Das ist Beany. Ja, lach nicht, er hatte den Namen schon, als ich ihn bekommen habe.«

Sie grinst und ich darf den hellbraunen Beany mit einer Karotte füttern. Die Mistgabeln, großen Eimer und Schaufeln lagern in einem Schuppen hinter den Ställen. Es herrscht das reine Chaos da drin und ich nehme mir vor, etwas aufzuräumen, wenn der Zeitpunkt passt.

Ich beobachte Alison, wie sie ihre Utensilien aus dem Regal räumt und mir Schaufel und Mistgabel in die Hände drückt. Ihr Haar riecht nach einer Mischung aus Rosen und Vanille.

In der ersten halben Stunde redet sie kaum ein Wort, aber nachdem ich ein paar Witze erzähle, wird sie redseliger und erzählt mir von ihrem Vater, der sehr streng mit ihr ist und dass Sean ihr Cousin ist.

»Ja, ich erinnere mich, wie er deinen Vater als *Onkel* bezeichnet hat, kurz bevor ich ausgerastet bin«, sage ich.

»Du hast echt Eindruck hinterlassen, und das an deinem ersten Tag. Aber pass lieber auf, Sean lässt sowas nicht lange auf sich sitzen«, sagt sie. Wieder eine Warnung vor Sean.

»Was ist mit deiner Mutter? Entschuldige, du musst es mir nicht sagen, wenn du nicht willst.«

Autsch. Fettnäpfchen.

»Nein, schon okay. Sie schreibt mir einmal im Jahr an meinem Geburtstag. Als ich acht war, hat sie Dad verlassen. Ich glaube, sie hat sich in einen anderen Mann verliebt.«

Ich warte, dass sie weiter redet, aber Alison steht nur nachdenklich mit der Heugabel in der Hand da.

»War dein Vater immer schon so streng?«, frage ich sie, um das Schweigen zu brechen.

»Nein. Er war vor der Trennung total lieb und ist mit mir

immer ausgeritten. Aber als meine Mom fortging, hat er Trost im Alkohol gesucht und seitdem ist er so. Was ist mit dir? Ich habe gehört, dass deine Mom gestorben ist?«
Diesmal ist sie ins Fettnäpfchen getreten. Alison scheint es nicht bewusst zu sein, denn sie schaut mich mit glitzernden Augen an. Ich schlucke den Kloß im Hals runter.

»J-ja. Sie ist bei einem Feuer ums Leben gekommen.«

Jemand packt mich mit hartem Griff an den Schultern und setzt mich auf.
»Jennifer! Wach auf!«, ruft Mom panisch.
Ich muss husten, als ich heißen Qualm einatme. Sie drückt mir ein nasses Tuch aufs Gesicht und zerrt mich aus dem Bett. Benommen versuche ich, meine wackligen Beine auf die Tür zuzubewegen, die sich hinter dichtem Rauch befindet. Im Augenwinkel bemerke ich flackerndes Licht, aber bevor ich genauer hinsehen kann, schubst Mom mich aus dem Zimmer und in den Hausflur.

Ich verscheuche die Bilder aus meinem Kopf. Die Erinnerung an den Rauch verursacht ein ekelhaftes Kratzen im Hals und ich räuspere mich. Alison sieht mich traurig an und berührt meinen Arm. Ein warmes Kribbeln durchfährt meine Haut und so stehen wir eine Weile da und versinken in unseren trüben Gedanken.
Ich durchbreche die Stille, indem ich ihr erzähle, dass meine Mutter sich immer eine Ranch gewünscht hat.

»Wenn wir das Haus erstmal fertig haben, kaufen wir uns ein oder zwei Pferde und ein paar Hühner und Katzen ... «
Alison lächelt wieder und sagt:

»Ich würde dir gerne dabei helfen, dann kann ich an meinen freien Tagen vorbeikommen und mit am Haus arbeiten. Wenn mein Dad es erlaubt. Und wenn du das möchtest, natürlich.«

Wir lächeln uns an und machen uns wieder an die Arbeit. Das Kratzen im Hals spüre ich noch eine Weile lang.

Nach zweieinhalb Stunden ausmisten werde ich nach Hause geschickt. Ich bin schweißgebadet und das Einzige, was ich von den Pferden sehen durfte, war der Mist. Alison ist zwar sehr schüchtern, aber sie verstellt sich nicht und ich spüre eine Verbindung zu ihr, die der mit Daniel ähnlich ist. Ich habe mich lange nicht mehr so befreit gefühlt.

Dad hat schon gekocht. Ich rieche den Duft von Fisch.

Wann habe ich zum letzten Mal Fisch gegessen? Das war in einem anderen Leben.

»Den hat mir Dave geschenkt. Du weißt schon, David Rover, dem ich im Musikladen helfe«, sagt Dad und schält weiter Kartoffeln, ohne aufzusehen.

»Ach?! Einfach so?«, frage ich stutzig.

Ich traue hier niemandem, nicht nachdem ich Sean und seinen Onkel kennengelernt habe.

»Er ist sehr zufrieden mit mir. Ich habe einen großen musikalischen Wissensschatz und kenne mich mit den meisten Instrumenten aus. Er erzählte mir, dass er mal jemanden als Aushilfe hatte, der eine Triangel nicht von einem Xylophon unterscheiden konnte, kannst du das glauben? Wir verstehen uns sehr gut und ich habe erfahren, dass er auch Musik unterrichtet, aber nur für wenige Schüler. Er ist ja viel beschäftigt.«

Ich sehe ihn an, in mir keimt ein Gedanke auf, aber ehe ich ihn auch nur aussprechen kann, spricht er schon weiter.

»Ich sehe, was du denkst; ich werde mich an kein Instrument mehr setzen und erst recht keinen Unterricht geben! Die Arbeit im Laden ist schon anstrengend genug. Mein Herz hält das kaum aus.«

Er hält kurz inne und senkt die Schultern.

»Tut mir leid, Dad«, sage ich und umarme ihn.

Schnell wechsle ich das Thema.

»Diese Reitstunden beinhalten viel mehr den Stall auszumisten, als auf einem Pferd zu sitzen. Ich solle erst *klein* anfangen.«

Ich rolle mit den Augen und schnappe mir ein Stück Karotte.

»Das gibt es doch gar nicht! Ich glaube, ich muss mal mit Mr. Crawford reden!«

Dads berühmte Zornesfalte bildet sich zwischen seinen Brauen.

»Bloß nicht!«

Ich schaudere bei dem Gedanken, was dann in der Schule los wäre.

»Lass mich das mal machen. Ich muss schließlich lernen, im Leben klar zu kommen, das hast du selbst gesagt.«

Ich zwinkere und er entspannt sich.

»Schon gut, aber lass dir nicht alles gefallen! Reiten kannst du auch woanders lernen. So, jetzt geh duschen, du stinkst.«

Seine Mundwinkel zucken und er wendet sich wieder seinen Kartoffeln zu.

Nach einer ausgiebigen Dusche, die meine Muskeln etwas lockert, treffe ich mich mit Cora und Mike. Sie wollen mir ein *ultraangesagtes* Café zeigen.

»Ich weiß, es ist nicht wie bei dir in New York. Aber für unsere Verhältnisse ist das DER Szeneladen!«

Cora lacht über ihre eigene Übertreibung und ich kann mir ein Grinsen nicht verkneifen. Es tut gut, nach diesem anstrengenden Vormittag an nichts denken zu müssen.

»Es ist ganz okay, wenigstens stinkt es nicht nach Kuhstall«, sage ich lachend.

Wir setzen uns an einen Tisch ganz hinten in die Ecke und

bestellen uns einen Karamell-Cappuccino mit Butterkeksen.

»Wie hältst du das eigentlich in diesem Stall aus, Jen? Ich hab gehört, Mr. Crawford ist ein ganz komischer Vogel. Er soll mal einen Mitarbeiter mit dem Gewehr fortgejagt haben, bloß weil der ein paar Äpfel klauen wollte«, sagt Mike und stopft sich einen Keks in den Mund.

Ich öffne den Mund, um zu antworten, aber da spricht Cora und sieht Mike intensiv in die Augen.

»Ja, das habe ich auch gehört. Und diese Alison ... Also ich weiß nicht. Dass du dich mit der abgibst ... Pass bloß auf dich auf!«

Ihr Blick wandert zu mir, als würde sie erwarten, dass ich weiß, was sie meint.

»Was meinst du? Ich finde sie ganz nett. Ich glaube, ihr kennt sie nicht richtig. Alison tut mir leid, weil sie immer so gehänselt wird.«

Ich senke den Blick, aus Scham, weil ich zugebe, dass ich das unbeliebteste Mädchen an der Schule mag.

»Ja, aber nicht ohne Grund ...«, setzt Mike an.

Ein warnender Blick von Cora lässt ihn mitten im Satz verstummen. Ich will mehr wissen, aber Coraline plappert über die anderen Mädchen in der Schule, wie lahm der Englischkurs ist, und flirtet die ganze Zeit mit Mike, der die Flirtversuche nicht kapiert oder ignoriert.

Viel zu schnell ist die Zeit rum und Dad wartet mit seinem Fisch auf mich. Er hat sogar an den Weißwein gedacht. Ich trinke die verdünnte Variante und nur ein halbes Glas, aber ich fühle mich schon entspannter und eine angenehme Wärme fließt mir in die Gliedmaßen. Es ist seltsam, nach so langer Zeit wieder mit meinem Dad an einem Tisch zu sitzen. Leise Jazzmusik klingt aus dem CD-Player. Wir reden nicht viel, aber das brauchen wir auch nicht. Nach zwei Stunden und wenigen Worten gehe ich ins Bett und schlafe mit wirren Gedankengängen bei den Klängen des Walzers meiner Ballerina ein.

5. Kapitel

Ich laufe einen Marathon auf dem Drahtseil. Jede Abweichung meiner Selbstkontrolle bedeutet den sicheren Absturz in den Abgrund. Undeutliches Geflüster erfüllt die Leere um mich herum. Als ich mich umdrehe, sehe ich die Silhouette meiner Mutter am Rand der Schlucht stehen. Sie macht den ersten Schritt auf mich zu und bringt das Seil zum Beben. Mit wedelnden Armen versuche ich die Balance zu halten. Ihr ekelhaftes Lachen ist wie Kreide auf einer Tafel in meinen Ohren. Ich verliere die Kontrolle und falle in der Dunkelheit durch das immer lauter werdende Stimmengewirr. Der Boden ist nicht mehr weit entfernt. Ich schließe die Augen und hoffe, der Aufprall wird hart und bringt mir die ersehnte Stille.

Schweißgebadet öffne ich meine Augen. Die Sonne scheint durch die Vorhänge und ich schaue erschrocken auf die Uhr. 9 Uhr 30. Erleichtert falle ich wieder in mein Kissen. Es ist ja Sonntag. Keine Schule. Keine Arbeit im Restaurant. Kein Stress. Seit gestern muss ich immer an die arme Alison denken. Ich habe wenigstens noch Dad, der mich nicht so mies behandelt. Ich beschließe, spontan alles aufzuschreiben. Es ist viel passiert in den letzten Monaten. Ich nehme mir mein blaues Notizbuch und setze mich auf mein Bett. Nach einer halben Stunde habe ich fünfzehn Seiten geschrieben, fast wie ein Tagebuch.

Ich ziehe mich an und nehme die knarzende Treppe nach unten.
Niemand da. Alles ist so still hier.

Ich bleibe einen Moment am Fuße der Treppe stehen und lausche den Geräuschen des Hauses. Hier und da knackt das alte Holz, leise weht der Wind durch die undichten Fenster und wirbelt den Staub auf.

Nachdem ich gefrühstückt habe, schnappe ich mir ein paar große Müllsäcke und gehe auf den Dachboden, um die Kleider zu sortieren. Es sind sehr altmodische, aber hochwertige und gut erhaltene Stücke darunter. Die werde ich online versteigern, genauso wie das Spielzeug, sobald die Bruchbude einen Internetzugang hat. Mir fällt eine blaue Bluse mit schwarzen Punkten auf. Nichts Besonderes, sowas hat man früher ständig getragen, aber in mir brennt sich ein Bild in meine Gedanken, welches ich schon längst vergessen hatte: Meine Mutter besaß auch so eine Bluse, als sie so alt war wie ich. Ich sehe das Foto vor mir, auf dem sie mit meinen Großeltern vor der Sagrada Família in Barcelona steht. Meine Kehle wird trocken und heiße Tränen schießen mir in die Augen. Ich werde sie behalten, nicht in Gedenken an die Frau, die sie getragen hat, sondern an meine Mom. Sie erzählte mir, dass das ihr Lieblingsstück war, aber leider irgendwann verloren ging, als ihre Eltern mal wieder umziehen mussten. Sie ist quer durch das Land gereist, bis sie siebzehn war. Meine Großeltern sind liebe Menschen, aber sie halten es nicht lange an einen Ort aus und reisten von Stadt zu Stadt. Nach einiger Zeit habe ich es geschafft und gehe mit drei vollen Säcken nach unten, werfe die Bluse jedoch vorher noch schnell ins Bad, um sie später zu waschen.

»Da bist du ja«, sage ich.

Dad sitzt im Wohnzimmer mit einer Tasse Kaffee auf der Couch und schaut Football.

»Ja ... Wo soll ich sonst sein? Ich war eben nur im Keller, um nochmal nach der Heizung zu sehen.«

Ich gieße mir dampfenden Kaffee in eine Tasse und gehe

nach draußen auf die Terrasse. Die Temperatur ist mittlerweile angenehm warm und ich freue mich auf den Frühling im nächsten Jahr, denn dann kann ich den Garten herrichten und Blumen pflanzen.

Hör auf! Es gibt kein nächstes Jahr für dich!

Ein Schwarm Vögel sitzt im Kirschbaum und singt seine Melodie im Chor. Ich habe das drängende Bedürfnis, Alisons Stimme zu hören. Ich tippe auf ihren Namen und hoffe, dass sie abhebt.

»H-h-hallo?«, klingt ihre Stimme zitternd durch den Hörer.

Ich brauche einen Moment, um zu realisieren, dass sie weint, bevor ich antworte.

»Hi Alison. Ich bin´s, Jennifer. Ich wollte ... sag mal, weinst du?«

Ich lege den Kopf schief, obwohl sie es natürlich nicht sehen kann. Sie schnieft und räuspert sich.

»N-n-nein. Ich habe geschlafen. Was gibt´s?«

Ich weiß, dass sie lügt, aber lasse es auf sich beruhen. Sicher will sie nicht darüber reden.

»Oh, okay. Ich wollte dich nicht wecken. Ich dachte, wir könnten heute etwas zusammen unternehmen. Es ist ja Sonntag und du hast doch frei, oder?«

»Ja, aber ich glaube nicht, dass mein Dad das erlaubt. Ich habe gestern Abend vergessen, eine Box abzuschließen und in der Nacht ist ein Pferd abgehauen. Ich war den halben Tag unterwegs, um es zu suchen. Mein Dad war richtig sauer«, sagt sie leise.

Ich spüre förmlich durchs Telefon, wie sie mit den Tränen kämpft. Ich würde sie gerne in den Arm nehmen.

»Warte, ich komme vorbei. Nur für ein paar Minuten, okay? In dreißig Minuten bin ich bei dir.«

Ich warte kurz, aber als keine Antwort mehr kommt, lege ich auf und gucke auf die Uhr. Der Bus kommt in fünf

Minuten, also pfeif´ ich auf meine staubigen Klamotten und schnappe mir Schuhe und Schlüssel und renne aus dem Haus. Als ich wenige Haltestellen später an ihrer Farm ankomme, habe ich ein komisches Gefühl im Bauch. Die Vorfreude kribbelt am ganzen Körper, aber mir ist gleichzeitig ein wenig mulmig. Ich steige aus dem Bus und die Tür schließt sich mit einem gehässigen Zischen hinter mir. Auf der Farm ist es still, als ich den Kiesweg raufgehe. Ab und zu schnaubt ein Pferd. Ich muss mich zwingen, zu klingeln. Ich habe wirklich keine Lust, Alisons Vater über den Weg zu laufen. Minuten später höre ich schwere Schritte und einen Schlüssel klimpern. Die braune Holztür öffnet sich quietschend. Mir weht ein muffiger Geruch aus dem Haus entgegen.

»Oh, wer ist denn da? Du weißt doch, dass du gestern erst hier warst? Soll ich deinen Vater anrufen?«
Mr. Crawford sieht mich mitleidig und gleichzeitig belustigt an, wie einen Hund, dem man sein Knochen geklaut hat.

»Nein, das ist nicht nötig«, antworte ich kühl.

Bloß ruhig bleiben, Jennifer.

»Ich wollte Alison noch etwas über die Mathehausaufgaben fragen. Ich bin richtig mies in dem Fach und nächste Woche stehen schon die Prüfungen an, das dauert sicher nur ein paar Minuten«, sage ich und setze ein dümmliches Lächeln auf.
Ich hoffe, er kauft mir die »Blondie«-Nummer ab.

»Hmmmm. Nun gut. Aber nicht lange, sie muss noch ein paar Aufgaben im Haus erledigen«, sagt er grimmig und ruft laut Alisons Namen.
Er schreit ihn förmlich und mich springt eine kalte Wut an, wie ich sie noch nie erlebt habe.
Seine Tochter kommt schnell die Treppe runter gelaufen und ihr Vater schiebt sie nach draußen. Lauter als nötig fällt die Tür ins Schloss. Sie versucht vergeblich, ihre

verquollenen Augen hinter ihrem langen Pony zu verstecken.

»Hi, lass uns mal ein bisschen ums Haus gehen«, sage ich, nur um in Bewegung zu kommen und um den stechenden Blicken ihres Vaters zu entgehen, der sich hinter einer Gardine versteckt.

Ohne eine Antwort abzuwarten, nehme ich ihren Arm und ziehe sie mit mir zu den Ställen. Alison atmet tief ein und ich nehme sie reflexartig in den Arm. Ihre warme Haut knistert unter meinen Händen und ihre Haare wehen mir ins Gesicht. Aber ich blende es aus und konzentriere mich auf ihre Schluchzer. Sie zuckt, als ich meine Arme fester um sie schlingen will und lockere schnell meinen Griff wieder. Wenig später wird ihr Atem gleichmäßig und sie löst sich aus meiner Umarmung. Alison wischt sich mit dem Ärmel über das Gesicht.

»Tut mir leid. Du hättest nicht kommen dürfen. Ich habe heute keinen guten Tag und muss noch viel im Haushalt erledigen«, sagt sie.

»Nein! Dir geht es nicht gut. Das wusste ich schon, als ich dich angerufen habe, und jetzt bin ich hier. Rede mit mir. Du kannst mir vertrauen.«

Ich wünsche es mir so sehr, dass ich ihr Vertrauen gewinnen kann. Ich spüre, dass sie mich braucht und merke, wie ihre Anwesenheit auch mir guttut. Das Leben wiegt nicht so schwer, wenn ich bei ihr bin. Ich streiche ihr die Haare aus dem Gesicht und endlich sieht sie mir in die Augen.

Ihr Schmerz trifft mich hart und ich muss schlucken.

»Danke ... es geht schon. Dad war so sauer wie schon lange nicht mehr. Ich habe halt jetzt Zusatzaufgaben bekommen zur Strafe. Das passiert manchmal«, sagt sie und lächelt gequält.

Ich spüre, dass da noch mehr ist, aber will nicht

nachfragen.

»Okay, ich hoffe, dir geht es ein bisschen besser ... Wenn nicht, dann ruf mich bitte an!«, sage ich drängend.

Es tut weh, sie so zu sehen und alles in mir wehrt sich dagegen, sich zu verabschieden. Alison weckt in mir einen starken Beschützerinstinkt, der mich verwirrt.

»Ja, mach ich. Ich sage meinem Dad, dass du ein hoffnungsloser Fall bist.«

Endlich lächelt sie, wenn auch nur zaghaft.

»Ja ... bin ich wirklich. Ich kann nichts von dem Stoff!«

Jetzt kommt die Prüfungsangst, die jedes Mal schon Tage vor den Tests aufkommt.

»Ich kann nächste Woche mal vorbeikommen und dir die wichtigsten Sachen erklären. Wir können ja morgen in der Schule darüber quatschen.«

»Klar, das wäre toll. Ich will dich nicht von deinen Aufgaben abhalten, tut mir leid, wegen deines Dads. Ich hoffe, er ist nicht zu sauer.«

Ich habe ein schlechtes Gewissen. Alison lächelt mich an.

»Nein, das geht schon. Ich melde mich bei dir, okay? Jetzt geh lieber. Wir sehen uns morgen.«

Sie drückt mir einen Kuss auf die Wange und verschwindet hinter der Hausecke. Ich bleibe noch lange an dem Fleck stehen, bevor ich mich in Bewegung setze.

Die Türklingel läutet laut durchs ganze Haus und schallt von den Wänden wider. Dad ruft meinen Namen und ich stehe schwerfällig auf. Mein Muskelkater bringt mich um und ich bin erschöpft von dem kurzen Treffen mit Alison. Das hat mich mehr mitgenommen, als ich mir eingestehen will.

Wer sollte mich denn ausgerechnet hier und heute besuchen? Und aus welchem Grund?

Ich stocke, als Sarah vor meiner Tür steht.

Woher weiß sie, wo ich wohne?

»Hi, ich dachte, du könntest etwas Gesellschaft gebrauchen und jemanden, der dir mal die Gegend zeigt. Francesco hat mir deine Adresse gegeben«, sagt sie und beantwortet meine unausgesprochene Frage.

Sie zwinkert und ihre Augen wandern neugierig durch den Hausflur.

»Hallo. Oh, ähm. Ja, gerne. Möchtest du erstmal reinkommen? Ich muss mir eben was anziehen.«

Mir fällt auf, dass ich noch immer die schmutzigen Klamotten von heute Morgen an habe.

»Dad, kannst du ihr solange Gesellschaft leisten? Ich möchte eben schnell unter die Dusche springen. Dauert nur zehn Minuten.«

»Plus zwanzig Minuten für deine lange Mähne.«

Er lacht und sogar Sarah muss grinsen. Klar, meine Haare unter Kontrolle zu bringen war immer eine Herausforderung, aber heute werde ich sie nur schnell föhnen. Als ich fertig bin, höre ich Dad und Sarah laut brüllen. Football. Sie auch? Ich stöhne innerlich, denn das ist ein Thema, was mich so gar nicht interessiert und von dem ich auch keine Ahnung habe.

»Hey, bin fertig. Tut mir leid, dass du doch länger warten musstest«, sage ich verlegen.

»Kein Problem, ich hatte Ablenkung.«

Sie zwinkert und deutet auf den Fernseher.

»Können wir los?«, frage ich leicht angesäuert.

Bin ich eifersüchtig auf meinen eigenen Vater?

»Viel Spaß. Komm nicht zu spät, morgen ist wieder Schule!«

Dad versucht, locker zu klingen, aber ich merke an seiner Stimme, dass er sich Sorgen macht.

»Ich weiß. Bis später, Dad.«

Sarah zeigt mir Weatherford. Nicht nur von der schönsten Seite. Wir bummeln einige Stunden durch die Innenstadt, trinken Kaffee und erkunden die hinterlegensten Gassen. An jeder Ecke gibt es eine Story aus ihrer Vergangenheit.

»Und hier habe ich mich mal vor den Bullen versteckt, als die mich beim Klauen erwischt haben«, sagt Sarah und deutet auf ein paar Müllcontainer in einer Gasse.

»Was? Das muss doch gestunken haben!«, antworte ich und rümpfe die Nase.

»Und wie! Ich hab noch tagelang gestunken!«, sagt sie lachend.

»Das war, als ich noch bei meiner Mom gewohnt hab. Sie hat mich für Stunden in die Badewanne gesteckt.«
Ich senke den Blick und starre auf meine verkrampften Finger. Unsere Wohnung hatte keine Wanne, deshalb wurde ich als kleines Kind immer im Spülbecken in der Küche gebadet. Ich sehe Moms Gesicht vor mir. Sie hat sich immer einen Bart aus Schaum gemacht, um mich zum Lachen zu bringen.

»Was ist los?«, fragt Sarah und hält den Wagen an.
Erst jetzt spüre ich die Tränen, die meine Wangen hinunterlaufen. Ich wische sie schnell weg.

»Nichts. Ich habe mich nur an etwas von früher erinnert«, sage ich und setze ein gequältes Lächeln auf.
Sarah sieht mich fragend an. Ich schlucke den Kloß im Hals hinunter, bevor ich antworten kann.

»Ich vermisse meine Mutter sehr. Jeden Tag, wenn ich aufwache, zerreißt es mich innerlich.«
Glühende Eisen durchbohren mein Herz. Ich beiße mir auf die Zunge, dennoch sprudeln die Worte wie ein Wasserfall aus mir hinaus.

»Sie ist bei einem Brand gestorben. Ich kann mich nicht mehr genau erinnern. Es war einfach schrecklich«, lüge ich.

Ich weiß noch alles. Jedes kleine Detail, der panische Ausdruck meiner Mutter, der Qualm, als sie geschrien hat ... *Der Schrei wandelt sich von Panik zu Wut.*

»Sie mich an, Mörderin! Komm zu mir und fühle, wie das Feuer deine Haut wegbrennt, so wie es mich verbrannt hat!«

Hechelnd, um nicht zu hyperventilieren, flüchte ich aus dem stickigen Auto. Schweißperlen benetzen meine Stirn. Ich stemme mich auf meine Knie und versuche, wieder zu Atem zu kommen.

»Hey, ist schon okay. Ich kann das verstehen.«

Sie tätschelt mir den Rücken und ich stelle mich wieder aufrecht hin.

Nein, Sarah. DAS würdest du niemals verstehen.

»Lass uns ein Stück gehen. Die frische Luft wird dir guttun«, sagt sie und hakt sich bei mir ein.

Schweigend laufen wir durch die Straßen. Bald kommen wir an ein schweres Eisentor vorbei und Sarah macht Anstalten, hindurchzugehen.

»Warum denn der Friedhof?«, frage ich und mir kommt die Galle hoch, denn das ist der letzte Ort, an dem ich jetzt sein will. Es ist schlimm genug, dass ich das Grab meiner Mom nicht besuchen kann.

»Das wirst du gleich sehen«, flüstert Sarah leise und von jetzt auf gleich verändert sie sich.

Ihre Stimme, ihr Blick, ihr ganzes Auftreten wirken von einem Augenblick zum anderen in sich gekehrt. Ich folge ihr zu einer Stelle, auf der viele unscheinbare Gräber sind. Ich schätze, hier liegen die Menschen, dessen Familien kein Geld für prunkvolle Grabstätten haben. Die meisten sind sehr ungepflegt und in einem verwahrlosten Zustand. Sarah bleibt stehen und ich betrachte ein Grab mit vielen Blumen und einer Kerze. Auf dem Stein, der wie ein kleiner Engel geformt ist, lese ich die Inschrift: Olivia Brown - geliebte

Frau und wunderbare Mutter – 14.03.1984 - 20.09.2014.

»Deine ... ?«, will ich zögernd fragen, aber ich bekomme das Wort *Mutter* nicht über die Lippen.

»Ja. Nachdem du mir deine Geschichte erzählt hast, wollte ich dir etwas zeigen.«

Ich ignoriere den Kloß im Hals und sehe sie fragend an. Ihre Lippen formen ein leichtes, wehmütiges Lächeln und ich bin noch verwirrter als vorher.

»Mein Dad war alkoholkrank. Er war jeden Abend besoffen und wurde aggressiv. Oft schlug er meine Mutter und als ich einmal dazwischen ging, zerrte er mich an den Haaren in mein Zimmer und sperrte mich dort für zwei Tage ein. Es war die Hölle. Aber sie blieb bei ihm. Ich war sauer auf sie, weil ich sie nicht verstehen konnte, aber ich konnte sie einfach nicht alleine bei diesem Monster lassen. Eines Morgens stand die Polizei vor der Tür und sagte, dass sie meinen Dad gefunden haben. Tot. Er wurde erschossen, als er in einer Bar eine Schlägerei anfing. Ich hatte Hoffnung, dass mit seinem Tod alles besser werden würde. Aber ich lag so falsch.«

Die Worte sprudeln nur so aus ihr heraus, dass ich Mühe habe, ihr zu folgen. Trotzdem verstehe ich jedes Wort.

Sie stockt und ich sehe, wie sie mit den Tränen kämpft.

»Meine Mutter wurde plötzlich so ruhig. Auch wenn das Leben mit ihrem Mann schlimm war, so hab ich sie manchmal lachen sehen, wenn er nicht da war. Aber sie tat nichts mehr. Die Wohnung ließ sie verdrecken und zur Arbeit ging sie auch nicht mehr. Ich traute mich kaum aus dem Haus, weil ich Angst hatte, sie alleine zu lassen. Aber sie zwang mich, zur Schule zu gehen. Ich sollte es mal besser haben als sie. Zwei Wochen nach Dads Tod fand ich sie in der Badewanne. Alles war voller Blut ...«

Sie weint. Ich sage nichts, nehme sie in den Arm und halte sie fest.

Moms entsetztes Gesicht. Der Rauch. Dads klagende Laute. Blutverschmierte Fotos. Das Messer auf meiner Haut.

Ich verdränge die Bilder aus dem Kopf und richte meine ganze Konzentration auf Sarah. Spüre ihren bebenden warmen Körper, rieche den rauchigen Duft ihrer Haare, sauge alles auf, nur um meinen eigenen Schmerz zu vergraben. Es fühlt sich an wie Stunden, aber nach einigen Minuten entspannt sie sich und sie lässt mich los. Mein Shirt ist klatschnass und mit Mascara beschmiert, aber das ist mir egal.

»Entschuldige, ich wollte dich nicht damit belästigen. Ich hab es noch nie jemanden erzählt.«

»Bitte entschuldige dich nicht. Dir ist viel Schlimmeres passiert als mir.«

Wenigstens hast du nicht deine eigene Mutter ermordet.
Ich wische eine Träne fort und schlucke den Kloß im Hals runter.

»Und ich danke dir, dass du mir vertraust. Was hältst du davon, wenn wir gleich mal spontan ins Kino gehen? Nur um auf andere Gedanken zu kommen«, frage ich sie.
Ich muss hier weg, sonst breche ich heulend zusammen.
Ich stupse sie an und sie nickt.

»Was läuft denn?«, fragt sie und ich zucke mit den Schultern.

»Ist doch egal.«
Sie schüttelt den Kopf und zündet sich eine Zigarette an. Aus Gewohnheit hält sie mir die Schachtel hin. Reflexartig nehme ich eine und lasse sie von Sarah anstecken.

Daniel und ich sitzen im Central-Park. Die Sonne geht gerade unter und eine frische Brise weht meine Haare durcheinander. Er lacht mich aus und reicht mir die Kippe.
»Probier mal. Am Anfang schmeckt das widerlich, aber

man gewöhnt sich dran.«

»Nee, lass mal. Wenn das meine Eltern rauskriegen ... außerdem petzen die bestimmt bei deiner Mom.«

»Es gibt Tricks, um den Gestank loszuwerden«, sagt er mit schelmischen Grinsen.

Diesem Gesichtsausdruck konnte ich noch nie widerstehen, also nehme ich die Zigarette zwischen meine Finger, wie ich es oft bei Rauchern gesehen habe.

»Du musst so -« er spitzt die Lippen und steckt sich die Fingerspitze in den Mund - »und dann ziehen, als würdest du aus einem Strohhalm trinken. Danach tief einatmen und auspusten. Mach erst vorsichtig, die meisten müssen davon husten.«

Ich gucke wohl ziemlich blöd aus der Wäsche, Daniel grinst noch breiter und muss sich offensichtlich das Lachen verkneifen. Etwas angesäuert mache ich das, was er mir gesagt hat, und natürlich muss ich Minuten lang husten, bis ich wieder Luft bekomme.

»Uäääh. Wieso macht man sowas? Das ist echt ekelhaft!«, sage ich und rümpfe die Nase.

Mir tränen die Augen wegen des Qualms und ich wische mir die Augen mit dem Ärmel ab. Daniel lacht schallend auf und nimmt die Zigarette, um daran zu ziehen.

»Selbst Schuld! Ich hab dir gesagt, dass du langsam ziehen sollst! Willst du nochmal?«, fragt er mich und hält mir aufmunternd das stinkende Ding hin.

»Nein Danke«, antworte ich. »Ich hab keine Lust zu kotzen.«

Jetzt lachen wir beide. Daniel steckt mir eine Kippe zu, bevor ich nach Hause gehe.

Ich schüttele den Kopf, lächle Sarah an und wir fahren in die Stadt. Im Kino läuft irgendeine schreckliche Komödie. Sarah hat zwei Flaschen Bier reingeschmuggelt und so sitzen wir hier, Popcorn und Chips mampfend und trinken heimlich ein Schluck nach dem anderen. Ich fühle mich das erste Mal seit Monaten von meinen Sorgen befreit. Die düsteren Gedanken zerren nicht mehr so sehr an mir, ich kann wieder atmen.

Vor uns sitzen zwei Jungs. Als sie uns bemerken, fangen die beiden an, die anderen Zuschauer mit Popcorn zu bewerfen und ignorieren deren Proteste. Ich rolle mit den Augen und finde dieses Verhalten bescheuert, aber Sarah lacht und spricht einen der beiden an. Der Größere, mit Ziegenbart, Tattoos an Armen und am Hals, stellt sich als Tristan vor.

»Mein Freund hier ist Jay, ist ein bisschen verklemmt, was Kollege?«, sagt er und boxt Jay in die Seite.

Der guckt grimmig, zwingt sich aber doch zu einem Grinsen. Jay ist kleiner, nicht so gut gebaut wie Tristan und hat ein Piercing an der Unterlippe. Er scheint der Mitläufertyp zu sein, genau wie ich und das macht ihn mir sympathischer als den anderen schrägen Kerl.

Sarah und ich teilen uns ein Bier. Tristan beginnt, die anderen Leute mit Popcorn zu bewerfen und ignoriert deren Proteste. Ich beobachte Jay, wie er vor mir immer weiter in seinem Sitz versinkt.

»Komm schon, Alter! Sei kein Spielverderber!« Sagt Tristan und boxt ihn wieder in die Seite.

Sarah sieht ihn bewundernd an und lacht.

Armer Jay. Ich weiß ganz genau, wie du dich fühlst.

Mir wird schwindelig vom Alkohol, aber meine Hemmschwelle sinkt und ich greife in die Tüte und werfe Popcorn in die Menge. Sarah legt ihren Arm um mich und küsst mir auf die Wange.

»Wow, Jen! War eine super Idee, ins Kino zu gehen!«

Das Stimmengewirr verschwimmt im Nebel, ich lehne mich zurück. Alles um mich herum scheint wie in Zeitlupe abzulaufen.

Bitte halte die Zeit an.

Jemand reißt mich aus meiner Trance. Sarah fasst mich am Ellenbogen. Ihre Lippen bewegen sich, aber ich verstehe ihre Worte nicht. Tristan und Jay schlurfen lachend zwei Sicherheitsleuten hinterher, die uns aus dem Kino bugsieren.

»Und jetzt? Ist ja toll gelaufen. Warum musst du immer so übertreiben?« sagt Jay an Tristan gewandt.
Sarah legt ihren Arm um meine Taille. Unsere Hüftknochen berühren sich.

»Warum so grimmig, Jay? Lass uns was von der Tanke holen und uns in den Park setzen.«

»Gute Idee! Ich besorg uns was. Geht schon mal vor«, ruft Tristan und stapft davon.
Sarah zieht mich mit. Jay trottet uns wortlos hinterher.

Sie ist so warm. Mom ... Sarah! Die Melodie der Ballerina ... Eine warme Hand auf meinem Rücken. Mein Kopf ruht auf ihrer Schulter, ich rieche den Duft von ... Flieder ... nein, Zigaretten und Bier, Schweiß auf ihrem Hals, vermischt mit billigem Parfüm.

»Hey, nicht einschlafen, Liebes!«
Sarah bleibt stehen und setzt mich auf eine Parkbank. Sie zündet eine Zigarette an und reicht sie mir.

»Jay, du redest nicht viel, oder? Wo kommst du her? Erzähl mal!«
Jay schaut sie ausdruckslos an. Doch ehe er etwas erwidern kann, hören wir Schritte und Tristan taucht auf.

»Hey Leute. Warum die langen Gesichter? Komm, mach auf!«
Er reicht das Sixpack seinem Freund weiter und legt den Arm um Sarahs Schulter.

Warum lässt die sich von dem anfassen?
Ich verstehe dieses Gefühl nicht. Mein Herz bleibt für einen

Moment lang schmerzhaft stehen und meine Wangen werden heiß.

Ich ziehe an meiner Kippe. Sarah setzt sich neben mir auf die Lehne und zieht mit ihrer Hand meinen Kopf an ihr Knie. Ich lausche den Gesprächen und beobachte Jay, wie er stumm an seiner Zigarette zieht und eine Dose Bier nach der anderen leert.

Eine Stunde später werden die Gespräche ernster und wir hören uns die Probleme der anderen an. Sarah hat beide Elternteile verloren, Tristan ist in einer gewalttätigen Familie aufgewachsen und war fünf Jahre im Heim, seit 2 Jahren lebt er auf der Straße, nimmt Drogen und lebt vom Klauen und Betteln. Jay erzählt nicht so viel, aber die Narben auf seinen Armen und die müden Augen sprechen für sich.

Ich habe Mädchen in der Klinik gesehen, die sich selbst verletzen. Ihre Arme und Beine übersäht von kleinen, aber sehr vielen Narben. Eins hat es nicht geschafft, als es irgendwie an ein Küchenmesser dran kam und zu tief geschnitten hat.

Ich schüttle den Kopf und kneife die Augen zu, um das Bild loszuwerden, und konzentriere mich wieder auf das Gespräch.

»Was ist mit dir, Süße? Du hattest sicher ein schickes Leben in New York.«

Jay scheint seine Sprache endlich gefunden zu haben und spuckt das Wort »Süße« förmlich aus. Ich verstehe den Stimmungswandel von Jay nicht und gehe nicht darauf ein.

»Na ja, es war ganz okay. Meine Eltern hatten Jobs, wir waren nicht reich, aber glücklich und wie ein kleines Team. Ich war oft mit den beiden unterwegs.«

»Und wie kommst du in so eine Gegend wie hier? Hat das Geld doch nicht gereicht? Oder hat dein Dad euch wegen einer Anderen verlassen?«, fragt Jay.

Er lallt und um den beißenden Schmerz zu ertränken, leere ich die Flasche in einem Zug.

»Sei still!« Sarah mischt sich ein und guckt ihn finster an. Ich schlucke die Beleidigung hinunter, die mir auf der Zunge liegt, und spreche mit zitternder Stimme weiter.

»Nein, mein Dad war sehr glücklich mit ihr. Er konnte ihre Wünsche von den Lippen ablesen und hätte alles für sie getan. Aber vor zwei Monaten etwa hat sie uns verlassen«, sage ich und muss mich zwingen, die Tränen für mich zu behalten.

Ich muss hier weg.

»Hat es ihr nicht mehr besorgen können, was?«

Ich werde so langsam sauer und mir schießen nun doch Tränen in die Augen.

»Vielleicht hat sie auch nur die Schnauze voll gehabt von dir? Ich meine, wer will schon so ein nerviges Kleinkind ...«

»JAY! Jetzt halt verdammt nochmal deine Klappe!«

Tristan steht plötzlich vor ihm und purer Hass steht ihm ins Gesicht geschrieben. Jetzt steht Jay auf und zischt eiskalt:

»Schön, das war`s. Ich gehe!«

Er verschwindet, bevor einer von uns noch etwas sagen kann.

»Tut mir echt Leid, aber er ist unberechenbar mit seinen Launen. Er hat uns schon so einige Freunde gekostet«, sagt Tristan und rollt genervt mit den Augen.

»Und warum hängst du dann noch mit dem ab?«, fragt Sarah und sieht ihn ungläubig an.

»Ich kenne ihn schon seit einigen Jahren. Er erinnert mich an meinen kleinen Bruder. Ich bringe es einfach nicht übers Herz, ihn im Stich zu lassen, außer mir hat er niemanden mehr. Und ich genauso wenig.«

Er sieht mich traurig an. Ich verliere die Fassung und fange wieder an zu weinen. Sarah setzt sich neben mich und legt einen Arm um meine Schulter.

»Hier, danach geht´s dir besser.«

In dem Glauben, eine Zigarette zu bekommen, nehme ich einen Zug, sie schmeckt etwas süßlich und kratzt im Hals. Ich huste und eine drückende Wärme füllt meine Brust. Mein Kopf wird schwer.

»Weißt du, meine Mutter ist nicht weggelaufen. Sie ist tot.«

Und ich bin schuld!

Ich kneife die Augen zusammen und stehe wankend auf. Ich will nur nach Hause in mein dunkles Zimmer und mich den Schuldgefühlen hingeben. Ich habe es verdient, für immer in dem Schmerz gefangen zu sein.

Tristan hält mich auf und bestellt Sarah und mir ein Taxi, weil er nicht will, dass wir alleine im Dunkeln durch die Straßen laufen. Sarah versucht nur einmal, ein Gespräch anzufangen, aber ich ignoriere sie. Ich brauche jetzt Zeit für mich.

6. Kapitel

Zuhause angekommen, schleiche ich ins Haus. Ich schwanke und die Wände bewegen sich auf mich zu. Durch das Rauschen in den Ohren weiß ich nicht, ob ich leise bin.

Aber es ist mir egal. Mein Hirn ist wie leergefegt, ich fühle mich so leicht. Als ich es unfallfrei in mein Zimmer geschafft habe und mich umziehe, spüre ich einen Riesenhunger. Ich ignoriere ihn und lege mich hin. Alles dreht sich. Ich kann nur an das Hähnchen vom Mittagessen im Kühlschrank denken. Ich stehe wieder auf und schleiche hinunter in die Küche. Dabei vergesse ich die knarzende Treppenstufe und halte erschrocken inne. Dad schnarcht einmal laut. Ich halte mir die Hand vor den Mund, um mir ein Kichern zu verkneifen.

Kühlschrank auf. Joghurt mit Erdbeergeschmack, das halbe Huhn vom Mittag, ein Päckchen Würstchen und ein halber Liter Milch landen auf den Tresen und in meinen Mund. Alles durcheinander und ohne nachzudenken. Als ich fertig bin, räume ich noch alles weg und gehe in mein Zimmer. Ich nehme den Bilderrahmen, in dem Mom, Dad und ich vor dem Disneyland stehen und in die Kamera lächeln. Plötzlich prasselt alles wieder auf mich ein. Ich kann meine Tränen jetzt nicht mehr zurückhalten und heule in mein Kissen. Mir wird schlagartig bewusst, wie schlimm alles geworden ist und dass ich nie wieder glücklich werden kann.

Ich darf nicht glücklich sein!

Ich habe die letzten Monate nur wegen Dad durchgehalten, aber immer ohne einen richtigen Sinn darin zu sehen. Die Farm hat sich Mom gewünscht, aber sie ist nicht mehr da, wozu noch die Arbeit? Ich wollte immer Reiten lernen, aber ohne meine Mutter, die dabei zusieht und stolz auf mich sein kann, fühlt es sich einfach nicht richtig an. Ich denke an Sarah und ihr Schicksal und könnte mich ohrfeigen, weil ich in Selbstmitleid ertrinke, wo es ihr doch schlechter geht.

Ich nehme mein Handy und tippe eine SMS:

»*Es war schön heute, das müssen wir wiederholen! Love, Jen.*«

Bevor ich nachdenke, ist sie abgeschickt.

4 Uhr 37. Ich bin immer noch wach. Weil an Schlaf nicht mehr zu denken ist, gehe ich gleich in das Bad und nehme eine lange, heiße Dusche. Aber die Kälte frisst mich von innen her auf. Dad sitzt am Tisch und liest Zeitung.

»Guten Morgen. Du warst lange weg gestern.«

Er legt langsam die Zeitung beiseite und sieht mich über seine Brillengläser an. Ich mochte diesen Blick schon als Kind nicht, es bedeutete immer Ärger.

»Ja, ich war mit Sarah spontan im Kino und dann haben wir total die Zeit vergessen, weil wir noch einen Kaffee getrunken haben.«

Ich konnte noch nie gut lügen und werde rot.

»Aha. Und ihr habt bis drei Uhr nachts Kaffee getrunken? Das erklärt deine Augenringe. Aber erzähl mir mal, welcher Laden sonntags um die Uhrzeit noch auf hat?«

Fuck.

»Okay, wir waren im Park«, sage ich kleinlaut und verschließe mich wieder.

Lass mich doch in Ruhe.

»Ich habe dich gehört. Und der Kühlschrank ist fast leer. Geht es dir gut? Du weißt, dass du mit mir reden kannst, wenn du Probleme hast«, sagt Dad und sieht mich mitleidig an.

»Nein. Schon in Ordnung.«

Mir ist schlecht. Ich setze mich kurz und gieße mir

dampfenden Kaffee in eine Tasse.

»Du machst mir Sorgen. Ich sehe dich zwar öfters lachen und mit Anderen in deinem Alter, aber wenn du alleine bist, scheinst du total abwesend zu sein. Ich will nicht, dass du alles in dich hinein frisst und wieder ...«

»Mir geht es gut, glaub mir. Ich habe Freunde gefunden und seit gestern schreibe ich sogar Tagebuch«, sage ich schnell.

Dad nickt nur und sieht mich besorgt an. Ich stehe auf, ohne den Kaffee angerührt zu haben, und mache mich auf den Weg zur Schule.

»Bis später, Liebes«, flüstert er.

Im Bus vibriert mein Handy. Daniel hat mir geschrieben. Wie in Trance öffne ich die Nachricht.

»Hey, wie geht´s? Kommst du zurecht?«

Ich tippe schnell eine Antwort, sonst muss ich mich mitten in dem Haufen Schüler übergeben. Das wäre eine Katastrophe!

»Ja, hab neue Leute kennengelernt und lerne jetzt reiten!«

»Das hört sich toll an. Ich hab grad dein Paket bei der Post abgegeben. :-) Zwar spät, aber ich hab mein Versprechen gehalten!«

»Schon ok. Ich freue mich drauf. Muss zur Schule. Bye«

Die Tage ziehen nur an mir vorüber. Kleine Lichtblicke, Tage, an denen ich Alison oder Sarah sehe, fühlen sich so unwirklich an und die Dunkelheit übermannt mich mit jedem Abschied, jeden Abend, an dem ich alleine in meinen unruhigen Schlaf falle.

Am Donnerstag ist endlich das Päckchen von Daniel da. Ich stürze in mein Zimmer und werfe mich aufs Bett. Hastig reiße ich das Papier ab und öffne den Karton. Ein Schwall Cookies ergießt sich auf die Decke und der schokoladige

Duft versetzt mich augenblicklich in meine Kindheit zurück. Ich puste die Krümel von der Ansichtskarte aus New York, die unter den Keksen liegt, und lese Daniels Gruß.

Megan Young´s exquisite Chocolate Cookies
Mein Finger streicht über die glänzende Oberfläche der Karte. Sie zeigt schlicht die Skyline New Yorks und in schnörkeliger Schrift steht *»Greetings from NYC«* am unteren Rand. Meine Augen füllen sich mit Tränen. Ich stopfe das Loch in der Brust mit Schokoladenkeksen, während ich das Foto aus meiner Heimat anstarre und dem Walzer der Spieluhr lausche.

Ich will mich gerade an die Englischhausaufgaben setzen, da klingelt mein Handy. Ich krame es aus dem Packpapier hervor.

Cora.
»Ja?«, frage ich.
»Hey, Jennifer. Nancy und ich fahren heute in den Holland Lake Park. Hast sicher noch nie davon gehört. Aber ich dachte, du könntest mal was Anderes sehen«, sagt Cora.
»Nein, den kenne ich nicht. Aber gut, dass du fragst. Ich hab grad so gar keine Lust auf Hausaufgaben!«
»Cool! Dann hol ich dich um vier Uhr an der Bushaltestelle ab. Bis gleich.«
»Ja, ciao.«
Das Englischbuch landet in meiner Tasche und ich mache mich auf dem Weg zur Bushaltestelle. Nach zehn Minuten fährt ein roter Kleinwagen vor. Ich kenne mich nicht mit den gängigen Automarken aus, aber er sieht teuer aus. Als ich die hintere Tür öffne, strömt mir ein Duft von Flieder entgegen.
»Hi Leute«, murmele ich und setze mich auf die

Rückbank.

»Hey. Gut, dass du mitkommst. Du bist so blass, etwas Sonne wird dir guttun«, sagt Cora.

Sie muss fast schreien, so laut dröhnt die Hiphopmusik aus den Boxen. Während der Fahrt quasselt Cora ununterbrochen, während Nancy an ihren Lippen hängt. Ich schweige.

»Schwitzt du nicht in dem Teil?«, fragt mich Nancy nach einer Weile und deutet auf meine grüne Strickjacke.

Draußen sind es mittlerweile fast zwanzig Grad. Ich ziehe die Ärmel noch weiter über meine Hände und verschränke die Arme vor der Brust.

»Nein, friert ihr nicht?!«, frage ich und mache bewusst große Augen.

In Wahrheit gehe ich fast kaputt vor Hitze. Aber niemand darf meine Narben sehen.

»Du spinnst!«, sagt Cora lachend.

Ich schaue weiter aus dem Fenster. Sollen die ruhig denken, ich sei verrückt. Vielleicht stimmt das sogar.

Wir spazieren den schmalen Weg am See entlang des Ufers. Die Bäume werfen ein Spiel aus Licht und Schatten auf den Pfad und der Kies knackt unter meinen Schuhen.

»Mike hat mich endlich nach einem Date gefragt! Ich dachte schon, er fragt nie«, platzt Cora raus.

Als ob es unmöglich wäre, dass er kein Interesse an ihr hätte.

»Wow. Wurde auch Zeit. Hoffentlich führt der dich in ein echt schickes Restaurant aus«, antwortet Nancy und knibbelt an einem Pickel rum.

»Ich glaub, der hat was von Pizza erzählt. Aber egal. Vielleicht küssen wir uns sogar.«

Ich starre aus dem Fenster und versuche, das Gespräch auszublenden.

Ich setze mich auf eine Bank am Wasser und die beiden tun

es mir nach. Anstatt das Gespräch weiter zu verfolgen, beobachte ich ein paar Enten, die immer wieder ins Wasser tauchen. Winzige Wassertropfen auf ihrem Gefieder glitzern in den Sonnenstrahlen. Ein Rhododendronbusch trägt schon rosa Blüten und einige davon scheinen auf der Wasseroberfläche zu schweben.

Daniel will mir unbedingt etwas zeigen und so treffen wir uns morgens um 6 Uhr im Central-Park. Wir gehen zu einer Parkbank am See, die von Weiden umgeben ist, ein Paradies mitten in der Stadt. Es ist kurz vor Sonnenaufgang, die Vögel zwitschern schon und man kann die Rosen riechen, die in der Nähe wachsen.

»Jetzt schau auf das Wasser«, flüstert er mir zu.

Ich spüre seine Wärme neben mir, sie wirkt beruhigend auf mich und gibt mir das Gefühl von Geborgenheit. Ich blicke auf den See und beobachte einen Vogel bei seinem morgendlichen Bad. Als die ersten Sonnenstrahlen das Wasser treffen, sehe ich das Glitzern im See, wie tausende Diamanten strahlen.

»Sehr schön, oder?« Daniels Stimme bringt mich wieder zurück in die Realität. Ich zwinge mich, meinen Blick vom See abzuwenden und sehe ihm in die Augen, unsere Gesichter sind nur wenige Zentimeter voneinander entfernt und ich spüre seinen Atem auf meiner Haut.

»Dieses Glitzern sehe ich jedes Mal in deinen Augen, wenn du etwas siehst, was dich berührt. Du strahlst auch diese Ruhe aus, vor allem, wenn du bei mir bist.«

Er nimmt mein Gesicht in seine Hände und gibt mir einen Kuss auf die Stirn.

»Hey Jennifer, was sagst du dazu?«, dröhnt Coras Stimme in meinen Gedanken.

Ich schüttele die Erinnerung ab.

Bleib in der Realität!

»Hm? Sorry, ich hab gerade nicht zugehört«, antworte ich verwirrt.

Das Bild war so real, dass ich völlig vergessen habe, wo ich mich gerade befinde. Nancy wirft Cora einen verächtlichen Blick zu.

»Ach, schon gut. Wir haben gerade über den Ball in ein paar Wochen gesprochen. Lass uns los, sonst macht meine Mom wieder Stress, dass ich zu spät bin.«

Es ist Ende Mai und die Sonne brennt schon früh am Morgen. Während ich auf den Bus warte, halte ich meine Nase in den Wind und sauge den Duft nach Sommer ein. Mein Innerstes ist wie ein schwarzes Loch, das die ganze Wärme in seinen dunklen Schlund für immer verschlingt.

Die Schulkorridore sind überall festlich geschmückt. Am schwarzen Brett hängt ein buntes Plakat, das in goldenen Lettern den Frühlingsball ankündigt.

Da gehe ich auf keinen Fall hin!

Ich habe in meiner alten Schule schon fast jeden Ball ausfallen lassen. Statt mit den anderen Mädchen shoppen zu gehen, bin ich lieber durch den Central-Park geradelt.

Cora wird mich sicher fragen, ob ich hingehe. Ich hoffe, sie ermutigt Ben nicht dazu, mich einzuladen. Er kann kaum den Blick von mir abwenden, wenn wir zusammen sind, was ich bis jetzt ignoriert habe. Aber ich habe das dumpfe Gefühl, dass sie mich zur Not an den Haaren dorthin schleifen würde.

Im Klassenraum ist es stickig und ich setze mich wie immer neben Alison.

»Wie siehst du denn aus? Bist du krank?«, fragt sie schockiert.

»Haha, nein Quatsch. Ich konnte nur nicht schlafen. Ich

war gestern Abend noch aus. Mit dieser Sarah, von der ich dir erzählt habe.«

Fast jeden Abend treffe ich mich mit Sarah. Oft sitzen wir bis tief in der Nacht in dem kleinen Park und reden. Manchmal kommen auch Tristan und Jay dazu. In den wenigen Stunden vergesse ich, warum ich in diesem Kaff bin und ich bin dankbar dafür.

»Ach so, okay. Sehen wir uns heute nach der Schule? Ich sollte dir doch ein paar Matheformeln erklären.«

Ich will eigentlich ablehnen, weil mein Körper nach Schlaf schreit, aber dem hoffnungsvollen Blick und diesen großen, blauen Augen kann ich nicht widerstehen. Wenn ich mit Alison zusammen bin, fühlt sich mein Herz nicht so leer an.

»Na klar! Heute habe ich frei von der Arbeit, also gehen wir nach der Schule gleich zusammen zu mir? Dann koche ich vorher noch was Leckeres für uns.«

Umso schneller kann ich mich hinlegen und schlafen.

»Oh, sehr gerne. Aber ich muss leider erst nach den Pferden sehen. Fünf Uhr?«, fragt sie und sieht mich entschuldigend an.

»Geht klar!«

Wie befürchtet, fragt Cora mich später beim Mittagessen, ob ich zum Ball gehe.

»Ich glaube nicht, dass das klappt. Es ist noch so viel im Haus zu tun und ich muss mich auf die Abschlussprüfungen vorbereiten. Ich muss so viel Stoff nachholen«, versuche ich mich 'rauszureden.

»Ach was, komm einfach mit. Das wird lustig! Du brauchst mal Abwechslung. Und ...«, sagt sie und neigt den Kopf an mein Ohr, damit sie niemand hört.

»Ich glaube, Ben will dich fragen, ob du sein Date sein möchtest.«

Ihre Begeisterung prallt an mir ab und ich unterdrücke ein

Augenrollen.

»Ich denke darüber nach«, antworte ich schlicht.

»Warte nicht zu lange, die besten Kleider sind fast ausverkauft. Überleg es dir bis Samstag, dann gehen Nancy und ich shoppen«, sagt sie.

Nancy schaut beleidigt durch die Gegend. Mir wäre es lieber, etwas alleine mit Cora zu unternehmen.

»Ist gut«, sage ich und lege die Hände stützend unter mein Kinn.

Ich verkneife mir ein Gähnen. Super, mir fallen jetzt schon die Augen zu, noch dazu nervt Sean ständig mit seinen Sprüchen und Sticheleien, die ich einfach überhöre.

Bevor der Unterricht wieder beginnt, stapfe ich zu den Toiletten. Als ich die Tür öffne, höre ich ein Wimmern aus der Kabine. Vorsichtig klopfe ich an die Tür.

»Hallo?«, frage ich.

Das Mädchen schnieft, antwortet jedoch nicht. Mir könnte es egal sein, ich habe meine eigenen Probleme, aber irgendetwas hindert mich daran, einfach wieder zu gehen.

»Komm schon, mach die Tür auf. Kann ich dir irgendwie helfen?«

Ein Klicken ertönt und die Kabinentür öffnet sich einen Spalt. Ich drücke vorsichtig dagegen und sehe Alison, wie sie auf dem Klodeckel sitzt, ihr Gesicht in den Händen vergraben.

»Oh mein Gott. Wer war das?«

Geschockt starre ich auf die roten Haarbüschel, die ihre Beine und den Boden bedecken. Ihre ehemals lange Haarpracht gleicht jetzt einem schlecht geschorenen Alpaka.

»Guck mich nicht an! Geh weg!«, schluchzt sie.

Ich schließe die Tür hinter mir und knie mich vor Alison hin, so wie es der wenige Platz erlaubt.

»Wer war das?«, frage ich ein weiteres Mal und ziehe die

Hände von ihrem Gesicht.

Sie hat buchstäblich Rotz und Wasser geheult. Ich reiße etwas von dem Klopapier ab und reiche es ihr. Während sie sich die Nase schnäuzt, zupfe ich einzelne Haarsträhnen von ihren Schultern.

»Egal. Ich will nur nach Hause. Kannst du mich krank melden?«

»Nein. Lass uns einfach verschwinden. Du kommst mit zu mir, dann versuche ich, deine Haare zu retten. Aber sag mir erst, wer das war!«, verlange ich.

Derjenige, der sie so zugerichtet hat, soll nicht ungeschoren davonkommen. Es war sicher Sean. Ich habe keine Angst vor diesem Arschloch. Der ist genauso armselig wie Alisons Dad, der sich so aufspielt.

»Bitte lass uns erst gehen. Ich will hier weg.«

»Okay. Warte hier. Ich gehe eben zu Mr. Collins und melde uns ab. Dann kann ich unsere Sachen mitnehmen«, sage ich und stehe auf.

Meine Beine sind eingeschlafen, aber ich ignoriere den Schmerz und beeile mich, um schnell wieder bei Alison zu sein. Als ich zurück bin, hat sie sich das Gesicht gewaschen und die Kapuze ihres Sweatshirts tief ins Gesicht gezogen. Ich nehme ihre Hand und wir machen uns auf dem Weg.

»Komm, wir gehen in die Küche«, sage ich und nehme ihr die Tasche ab.

Ich krame eine Schere aus der Schublade und bugsiere sie auf den Stuhl. Alison hat auf dem Weg nach Hause kein Wort gesprochen.

»Also, jetzt sag schon.«

»Nancy. Ich weiß nicht warum«, antwortet sie zögernd.

Ich schließe kurz die Augen. Warum war mir das nicht gleich klar. Nancy ist immer diejenige, die gegen Alison schießt. Aber was ihr Angriff jetzt sollte, verstehe ich dennoch nicht.

»Ich werde morgen mit ihr reden. Und du solltest zum Direktor gehen. Das darfst du dir nicht gefallen lassen!«

Ich bekomme keine Antwort.

Verdammt. Soll ich Nancy zur Rede stellen? Oder würde es alles nur schlimmer machen?

Ich verschiebe den Gedanken auf später und sehe mir das Chaos auf Alisons Kopf an. Nancy hat ganze Arbeit geleistet. Sie muss die Haare zu einem Zopf gebündelt genommen und einfach abgeschnitten haben. Mit dem Kamm bürste ich die losen Haarsträhnen raus und versuche, einen geraden Schnitt hinzubekommen. Als ich mein Werk beendet habe, hat Alison eine Bob-Frisur, die nach vorne hin länger wird. Das steht ihr gar nicht mal so schlecht. Ich schüttle den Kopf und besinne mich wieder auf das Problem.

»Steht dir gut. Willst du einen Tee?«, frage ich.

»Ja. Danke. Für alles. Aber du brauchst dich nicht darum kümmern. Das würde es nur schlimmer machen.«

Während ich darauf warte, dass das Wasser zu kochen beginnt, denke ich über ihre Worte nach.

»Nein, sie braucht einen Denkzettel. Macht Nancy sowas öfters mit dir?«

»Ja. Aber nicht nur sie. Ich habe mich dran gewöhnt. Aber wer soll es ihnen verübeln? Guck mich doch an. Ich frage mich, warum du dich mit so etwas wie mir freiwillig abgibst.«

Ich ignoriere das Pfeifen des Wasserkochers und starre Alison an. Kann nicht glauben, was ich da gehört habe.

»Was redest du da? Niemand hat das Recht, dich wie Dreck zu behandeln! Rede dir das bloß nicht ein!«, sage ich wütend.

Ich bin sauer. Auf Nancy und die anderen Idioten. Und auf Alison, weil sie nicht kapieren will, dass sie liebenswert ist und ich durchaus Lust habe, mit ihr abzuhängen.

»Hätte ich mir sonst Mühe gegeben mit deinen Haaren? Komm, wir trinken jetzt erstmal einen Tee, dann geht's dir besser. Und schlag dir den Gedanken aus dem Kopf, dass ich nichts mit dir zu tun haben will!«

Ich reiche ihr die Tasse. Wir setzen uns auf die Terrasse und schweigen eine Weile.

»Danke«, flüstert sie.

Ich sehe Alison an. Ihre Augen wirken durch die neue Frisur noch größer, als zuvor schon. Eine Böe weht ihr eine Strähne in ihr sommersprossiges Gesicht und mir den süßen Duft von Pferden, Vanille und Rosen in die Nase.

Nachdem ich Alison zum Bus begleitet habe, gehe ich ohne Umwege in mein Zimmer und lege mich auf mein Bett. Nach einer Stunde weckt mich mein Handy, es ist Sarah.

»Süße, heute um 18 Uhr im Jimmy´s Pub! Ein NEIN akzeptiere ich nicht! ;-) Kuss, Sarah.«

Bevor ich mich fragen kann, was »Jimmy´s Pub« bedeutet, trifft eine weitere Nachricht ein.

»Bin um kurz nach sechs bei dir. Ich hole dich ab! :-.«*

Ohne eine Antwort zu tippen, drehe ich mich wieder um und döse wieder ein.

7. Kapitel

»Heeeeeeey!«, begrüßt mich Sarah stürmisch und fällt mir um den Hals, als ich ihr die Tür öffne.

Ehe ich ein Wort rausbringe, platzt es aus ihr heraus.

»Ich freue mich schon! Ich hoffe, da sind viele süße Typen, die uns ein paar Drinks ausgeben, haha!«

Ich drehe mich um und warte darauf, dass Dad um die Ecke kommt. Aber er hat Gott sei Dank nichts gehört.

»Psst. Nicht so laut! Komm rein, ich muss mich eben umziehen. Ich hab nach der Schule noch geschlafen, wie du siehst.«

Ich mache eine Handbewegung, die meinen Körper umspielt, und lächle verlegen.

»Super, dann zeig mir mal deinen Kleiderschrank! Ich kitzle mal deine sexy Seite aus dir raus«, sagt sie lachend.

Ich bin mir nicht sicher, was sie damit meint, reiße mich aber zusammen und lasse sie meinen Schrank durchwühlen. Nachdem sie einen Haufen Klamotten auf mein Bett geworfen hat, ist sie fündig geworden und hat eine enge Jeans (ich hasse Jeans) und eine knappe Bluse raus gefischt. Als ich mich umziehe, bleibt sie auf dem Bett sitzen und sieht mir gespannt zu.

»Tut mir leid wegen gestern. Hätte ich gewusst, was für ein Arsch dieser Jay ist ...«

Sarah senkt den Blick. Es war ihr wohl auch unangenehm.

»Nein, schon gut. Du konntest ja nichts dafür. Ich war auch nicht wegen dir sauer. Ich wollte nur alleine sein«, sage ich entschuldigend.

Sarah lächelt wieder und wechselt das Thema.

»Du hast eine tolle Figur!«, schwärmt sie und stützt ihren

Kopf auf ihre Hände.

Sie hat es sich bequem gemacht und liegt auf dem Bauch, die Beine in der Luft gekreuzt.

»Ach was. An mir ist doch nichts dran!«, antworte ich und werde rot. Ich drehe ihr den Rücken zu, weil mir das Ganze peinlich ist.

»Gerade das finde ich heiß.«

Ich stocke, als ich mir die Bluse anziehen will. In die Jeans habe ich mich schon gequetscht, zumindest wie man das mit Größe 34 so nennen kann. Das Bett knarzt, als Sarah aufsteht. Ich spüre ihre Wärme, als sie hinter mir steht und mir von hinten ihre kühle Hand auf den Bauch legt.

»Du müsstest nur ein bisschen trainieren, damit das da fester wird.«

Sie drückt zu und ich muss lachen, weil es kitzelt. Dann legt sie beide Hände um meine Taille, streicht sanft Richtung Hüfte bis zum Po und packt zu.

»Au!!«, schreie ich lachend.

»Ooh, aber einen Knackarsch hat sie!«

Sie lässt los und lacht. Ich haue in ihre Richtung, aber Sarah weicht aus und packt meine Hand. Sie zieht mich zu sich ran und küsst mich auf den Mund.

Ich bin wie erstarrt. Ich spüre ihren Atem auf meiner Haut und wir sehen uns tief in die Augen. Mein ganzer Körper ist angespannt, mein Herz klopft wie verrückt. Sie öffnet den Mund und berührt sanft mit ihrer Zunge meine Lippen. Ich erwidere die Liebkosungen erst sachte, dann immer fordernder. Sie hält mich fest in ihren Armen, streichelt mir über die Haare, den Rücken hinunter und wieder hinauf.

Wow! Dieser Kuss ... Mein ganzer Körper steht unter Strom. Was macht sie da mit ihrer Zunge? Beißt mir in die Unterlippe ... Ihr Hintern ist einfach nur ... Wow!

Sarah lässt abrupt von mir ab und nimmt meine Hand von Ihrem Po. Sie bindet mir am Bauchnabel einen Knoten in die Bluse und knöpft sie mir bis knapp unter dem Dekolleté zusammen.

Was war das denn?

Ich lasse mir die Enttäuschung nicht anmerken, als sie innehält, mir in die Augen sieht und mir eine Strähne hinters Ohr streicht.

»So, jetzt zu deinen Haaren!«

Sie steckt mir die Haare zu einem lässigen Dutt hoch und lässt einige Strähnen locker in mein Gesicht fallen. Ich bekomme noch einen roten Lippenstift, einen schwarzen Lidstrich und Mascara verpasst. Sarah tritt einen Schritt zurück und betrachtet ihr Werk.

»Können wir los?«, frage ich und betrachte skeptisch mein Spiegelbild.

Ich sehe fünf Jahre älter aus, als ich bin.

Als ich sicher bin, dass Dad beschäftigt ist, rufe ich uns ein Taxi und wir fahren in das Zentrum.

»Hier ist es. Dir wird es sicher gefallen«, sagt sie, als wir aus dem Taxi steigen.

Sie bezahlt und wir betreten den Laden, über dem in Neonschrift »Jimmys Pub« blinkt.

Es ist dunkel und stickig vom Zigarettenqualm. Aus den Boxen ertönt Irish Folk mit rockigen Akzenten, was mir sehr gefällt.

Wir setzen uns an die Bar und Sarah bestellt uns einen Whiskey.

»Was guckst du so? Das Zeug ist der Hammer! Glaub mir, du willst nie wieder was anderes trinken!«, ruft sie mir ins Ohr, um die laute Musik zu übertönen.

Ich nicke nur und lache sie an, um den Moment auszukosten. Die Schwerelosigkeit macht mich high. Ich sauge die rauchige Luft und Sarahs Parfum ein und gebe mich den Klängen der Musik hin. Ich öffne die Augen und sehe, wie Sarah mich beobachtet.

»Du bist richtig heiß, wenn du nicht grübelst. Soll ich dir zeigen, wie wir Gratis-Drinks bekommen? Das geht ganz easy!«

Sie zwinkert mir zu und dreht sich suchend um. Als ein junger Kerl ihre Aufmerksamkeit hat, hebt sie ihr Glas und prostet ihm zwinkernd in der Luft zu. Als wäre nichts gewesen, dreht sie sich wieder zu mir um.

»Warte ab, ich gebe ihm fünf Minuten«, sagt sie grinsend.

Ich kapiere nichts, aber okay. Sie muss es ja wissen. Sie legt den Arm um mich und wir wippen im Takt der Musik.

Zwei Songs später steht der Typ von eben hinter uns. Er schiebt sich zwischen Sarah und mir und winkt den Barkeeper zu sich.

»Einen Doppelten für die zwei Süßen! Und für mich ein Guinness.«

Seine raue Stimme verrät, dass er schon länger hier ist. Als die Gläser vor uns stehen, lächelt er uns an und fängt ein Gespräch mit Sarah an.

Na toll. Wieder das fünfte Rad am Wagen.

»Ich geh mal aufs Klo!«, rufe ich ihr zu.

Ich achte nicht darauf, ob sie mich gehört hat, und stehe wankend auf.

Mich packt wieder dieses Gefühl, dass ich beiseitegeschoben werde. Wie damals, als Daniel seine Freundin hatte.

Ich reihe mich in der Schlange ein, die sich vor der Damentoilette gebildet hat, und krame mein Handy aus der Tasche. Vier ungelesene SMS und zwei Anrufe von Alison blinken auf der Anzeige auf.

»Hey. Ich will nicht stören …«

»Ich fand es schön mit dir. Leider war die Zeit ziemlich kurz. Können wir am Wochenende nach der Stallarbeit was zusammen machen? Meinen Dad bekomm ich schon

überredet.«

»Kannst du mich zurückrufen? :-(«

»Bitte ...«

Mir schwirrt der Kopf, als ich das Ding wieder in die Tasche stopfe. Endlich am Anfang der Schlange angekommen, schließe ich die Kabine und setze mich auf den Klodeckel. Dank des Alkohols ist mir schlecht, es war eine dumme Idee hierherzukommen. Jemand hämmert gegen die Tür.

»Hee, Jen! Komm raus. Bist du eingepennt?!«, ruft Sarah.

Ich stehe schwerfällig auf und drehe den Knopf. Sarah quetscht sich durch die Tür, als diese nach innen aufgeht und schließt sie wieder ab.

»Süße, was ist denn los? Dachtest du, ich würde dich für den Typen da sitzen lassen?«, fragt sie und legt ihre Hand auf meinen Arm.

»Ehrlich gesagt ... ja ...«

Fuck, warum kann ich nie richtig lügen.

Sarah lacht und ich bin beleidigt.

»Vergiss den. Ich musste den nur noch etwas bequatschen. Jetzt geht den ganzen Abend alles auf seine Rechnung. So funktioniert das eben.«

Sie legt beide Hände auf meine Schultern und sieht mir intensiv in die Augen.

»Glaub mir, das macht Spaß! Ich zeig dir, wie es geht. Ganz wichtig sind die Augen! Du kannst einen geilen Arsch und große Titten haben, aber es nützt nichts, wenn du aussiehst, als würdest du gleich einschlafen!«

Sie sieht mich erwartungsvoll an und ich versuche, diesen Schlafzimmerblick nachzumachen. Mir ist schwindelig und ich bin kaum in der Lage, aufrecht stehen zu bleiben. Sie lacht und kommt mit ihrem Gesicht ganz nah an meins.

»Du musst es FÜHLEN«, flüstert Sarah und dreht mich um, so dass ich mit dem Rücken an der Kabinenwand stehe.

Sie presst sich an mich und küsst mich wieder mit dieser Leidenschaft, die ich noch nie vorher erlebt habe. Während sich unsere Zungen liebkosen, nimmt sie meine Hände und schiebt sie über meinen Kopf. Sie presst ihren Körper an meinen und das macht mich fast wahnsinnig.

Doch bevor ich mich ganz vergessen kann, hört sie auf und schaut mich an. Ich schnappe nach Luft, als hätte ich einen Marathon hinter mir.

»Yeah! Genau diesen Blick wollen die Männer!«, sagt sie voller Begeisterung und klatscht in die Hände.

Mein Körper lechzt nach mehr, aber ich lasse mich von ihr wieder in die Bar ziehen und wir trinken weiter Whiskey und Bier, rauchen Zigaretten und tanzen im Takt der Musik. Ich war lange nicht mehr so befreit und die Zeit vergeht viel zu schnell. Kurz vor Ladenschluss torkeln wir raus in die Nacht und machen uns lachend auf den Weg nach Hause.

Seit dem Abend habe ich sie nur einmal gesehen. Das war am Dienstag bei der Arbeit. Sie hat nicht viel gesprochen und sah krank aus. Auf meine Nachfrage kam nur ein »Es ist nichts, mach dir keine Sorgen. Ich glaube, ich bekomme die Grippe«, aber das glaube ich nicht so ganz. Leider hat sie auch nicht auf meine zwanzig SMS reagiert. Seitdem fühle ich wieder diese Leere in mir. Ich weine mich jeden Abend in den Schlaf und selbst Alison kann mich nicht aufmuntern, denn seit dem ich ihre Nachrichten ignoriert habe, redet sie nicht mehr mit mir. Die Ställe machen wir schweigend sauber und in der Schule verbirgt sie ihr Gesicht wieder hinter ihren kurzen Haaren.

»Wo ist Nancy?«, frage ich am Freitag Cora, als ich mich in der Kantine zu ihr, Ben und Mike setze.

Die Atmosphäre ist leichter, das spüre ich sofort. Trotzdem muss ich sie noch zur Rede stellen.

»Sie hat sich die Magen-Darm-Grippe eingefangen. Das arme Ding sitzt bestimmt den ganzen Tag auf dem Klo«, antwortet stattdessen Mike.

Er presst die Hände auf dem Bauch und tut so, als hätte er Magenschmerzen.

»Genau. Und deshalb MUSST du unbedingt morgen mitkommen! Ich kann unmöglich alleine ein Kleid aussuchen!«, sagt Cora.

Ich habe tatsächlich ein wenig Mitleid mit ihr.

»Ich gehe aber trotzdem nicht zum Ball. Das endet jedes Mal im Drama, wie ich gehört habe«, antworte ich.

Cora guckt mich schockiert an.

»Soll das heißen, du warst noch nie auf einem Schulfest? Das gibt´s doch gar nicht! Komm, bitte nur dieses eine Mal. Danach bitte ich dich nie wieder um einen Gefallen.«

Oh man. Cora bettelt geradezu. Ich puste genervt die Luft aus meinen Wangen.

»Na gut. Aber wehe, du zwingst mich zum Tanzen! Ich habe keine Lust, mich zu blamieren!«

Mike und Ben lachen sich schlapp. Dann bin ich eben der Depp. Nach dem Essen bringe ich mein Tablett zurück und werde von Ben aufgehalten.

»Hey du. Ähm. Du willst wirklich zum Ball gehen?«, fragt er mich. Zittert er etwa?!

»Sieht so aus. Cora lässt mir ja keine andere Wahl, oder?«, sage ich und lächle gequält.

»Hmm. Ja, sie ist echt hartnäckig. Willst du vielleicht mit mir hingehen? Ich meine, Cora geht mit Mike und dann stehen wir nicht ganz so dumm da ...«

Wow. Was für eine plumpe Frage. Aber dieser Gedanke ist mir noch gar nicht gekommen. Wenn Mike sie nicht fragt, dann wird sie die Initiative ergreifen. Ganz sicher. Ich kämpfe innerlich, sage jedoch:

»Ja, okay. Aber wir treffen uns vor der Turnhalle! Kein

Date Gehabe! Schlimm genug, dass ich mich aufbrezeln muss.«

Ich grinse Ben an und mache mich auf den Weg zum Unterricht, ich muss Alison noch sagen, dass ich morgen nicht zum Stall komme. Sie sitzt wie immer von mir abgewandt. Mein Herz pocht. Ich bringe einfach kein Wort raus, daher beschließe ich, ihr später eine SMS zu schicken.

Am nächsten Tag verschlafe ich fast. Ich springe aus dem Bett und nach einer kurzen Dusche inspiziere ich meinen Kleiderschrank, während ich den heißen Kaffee schlürfe. Aus der hintersten Ecke krame ich einen dunkelgrauen Rock und meinen orangefarbenen Lieblingspulli raus.

Ich gucke immer wieder auf mein Handy, aber Alison hat nicht auf meine Nachricht geantwortet. Sie ist bestimmt sauer. Soll mir Recht sein. Ich fahre ans andere Ende der Stadt, um Cora zuhause abzuholen. Sie wohnt in einer schicken Gegend: Als ich in ihre Wohngegend abbiege, säumt eine Allee aus großen Bäumen die Straße. Jedes Haus steht für sich allein auf einem großen Grundstück mit Vorgärten, die künstlerisch mit Blumen und anderen Pflanzen gestaltet wurden.

Mein Finger berührt gerade die Klingel, da reißt Cora schon die Tür auf.

»Komm rein! Ich bin gleich fertig«, sagt sie atemlos und zieht mich hinter sich her.

Wir betreten ihr Zimmer und mir stockt der Atem. Es ist riesig, ein großes Doppelbett steht mitten im Raum, alles ist in hellgelben und türkisfarbenen Pastelltönen gehalten und das große Fenster auf der Sonnenseite wird von luftigen Gardinen verhüllt. Kurz sticht der Neid zu, ich schlucke und setze mich auf das Bett.

»Mach´s dir bequem, ich muss mir nur noch die Wimpern tuschen«, sagt sie und setzt sich an ihre Schminkkommode.

»Darf ich dich was fragen?«, fragt Cora und mustert mich durch den Spiegel.

»Klar. Was denn?«

»Was denkst du über Alison? Du hängst ja viel mit ihr rum. Nicht, dass mich das stört, aber ...«

»Aber was? Ich finde sie nett. Wir arbeiten auch nur samstags zusammen im Stall.«

»Nein, vergiss, dass ich gefragt habe. Dachte nur, ihr wärt ... irgendwie befreundet oder so.«

Coras Stocken ist mir aufgefallen. Sie wendet sich wieder ihren Wimpern zu und zeigt mir deutlich, dass das Thema beendet ist.

Die Boutique ist voll von gackernden Mädchen. Die Verkäuferin rennt zwischen ihren Kundinnen hin und her, gibt Tipps und wirkt leicht genervt. Die Kleider sind alle nach Farben sortiert. Cora schubst mich zu den hellblauen Roben.

»Krass. Guck dir die Preise an! Egal. Mein Pa zahlt das. Wie findest du dieses hier?«, fragt sie und hält mir ein himmelblaues, ärmelloses Kleid mit perlmuttfarbenen Strasssteinen am Ausschnitt vor die Nase.

Es ist bodenlang und hat einen Schlitz bis zum Oberschenkel an der Seite.

So vergehen Stunden. Während sie sich ein Kleid nach dem anderen anzieht und ewig vor dem Spiegel posiert, schaue ich mich auch nach etwas Passendem um. Es ist stickig und eng hier drin. Ich kann kaum atmen, dennoch suche ich mir ein korallenfarbenes, mittellanges Kleid mit Spaghettiträgern aus. Ich verfluche meine Narben, es gibt nichts mit langen Ärmeln hier. Die Verkäuferin zeigt mir weiße Handschuhe, die bis zu den Ellenbogen reichen und ist begeistert, als ich aus der Umkleidekabine schleiche.

»Wow! Jennifer! Du siehst mega aus! Ich komme vorher zu dir und style dich! Das wird der Hammer!«, ruft Cora, als sie mich sieht.

Sie ist ganz aus dem Häuschen. Ihre Begeisterung steckt mich an und ein wenig freue ich mich doch auf den Ball. Ich drehe mich ein paar Mal vor dem Spiegel und lasse den Rock des Kleides wehen.

Cora hat sich für das erste Kleid entschieden und zufrieden gehen wir noch einen Burger essen, bevor wir abends müde nach Hause fahren.

Die Woche darauf zieht sich endlos. Ben scheint seit unserem letzten Gespräch regelrecht aufzublühen. Er sucht ständig meine Nähe und betont immer wieder, wie sehr er sich auf den Ball am kommenden Samstag freut. Nancy ist noch krank. Ihre schlechte Stimmung vermisst hier jedoch niemand.

»Mike hat mich endlich gefragt! Ich hab ihm ein Foto von meinem Kleid gezeigt, damit er sich passend dazu anzieht. Das wird der Hammer. Ich freue mich so!«, sagt Cora strahlend zu mir.

Ich freue mich für sie. Ich wünschte, ich könnte meine Gedanken auch nur auf den Ball fokussieren. Es scheint kein anderes Gesprächsthema in der Schule zu geben.

Sarah schleicht sich in meine nächtlichen Albträume. Ihr höhnisches Lächeln vermischt sich mit der Fratze meiner Mutter. Gemeinsam zerren sie mich in die Dunkelheit. Ich schlage ihre Klauen beiseite und sperre sie in ihren Käfig, aber sie treten gegen die Tür, krallen sich durch die Gitterstäbe in meine Haut fest und schreien meinen Namen, flüstern mir Dinge ins Ohr. Zerren mich zu sich in das dunkle Loch, aus dem die Kette ragt, an der ich festhänge. Mittwoch Nachmittag spähe ich alle paar Minuten durch das Guckloch in der Tür zum Restaurant. Ich beobachte jede von Sarahs Bewegungen, ihr ausdrucksloses Gesicht.

»Was ist los mit dir? Guck dir die Tomaten an!«, herrscht

mich Francesco an.

Ich blicke auf den matschigen Haufen aus Tomatenfleisch. Schnell werfe ich das Desaster weg und konzentriere mich auf meine Arbeit. Ich halte die Luft an, um meine Tränen zurückzuhalten.

Es ist alles so sinnlos.

8. Kapitel

Am Freitag weckt mich ein »Hey« aus meinen Gedanken. Ich sitze in der Pause auf dem Schulhof an einen Baum gelehnt und versuche, schnell noch meine Mathehausaufgaben zu machen. Es ist Alison.

»Wie geht es dir? Du siehst krank aus. Oder bedrückt dich was?«, fragt sie mich.

Mich überrascht es, dass sie wieder mit mir spricht, und ich brauche einen Moment, um meine Stimme wieder zu finden.

»Bist du nicht mehr sauer?«, versuche ich den ersten Schritt zu machen.

»Nein, es ist schon okay. Ich kann verstehen, wenn du lieber mit anderen ausgehst. Es wäre nur schön gewesen, wenn du es gesagt hättest.«

Alison senkt den Blick und wendet sich zum Gehen, aber ich stehe auf und halte sie am Arm fest.

»Ach was. Das tue ich ja nicht. Sarah hat mich spontan gefragt und weil wir so viel Spaß hatten, habe ich total vergessen, dir zu antworten. Das hat aber nichts mit dir zu tun. Ehrlich!«

Bitte glaub mir!

»Ich habe nur nicht gedacht, dass es dich so verletzen würde. Also muss ich mich entschuldigen«, setze ich nach.

Ich hebe ihr Kinn und lächle sie an. Ich hasse es, andere zu verletzen.

»Schon okay. Ich wollte nur wissen, ob es dir gut geht. Ich beobachte dich schon eine Weile und mache mir Sorgen.«

Ihre Wangen bekommen etwas Farbe und sie guckt weg.

»Nein. Mir geht es wirklich gut. Es ist nur anstrengend, die Schule, den Job, die Arbeit im Stall und das Haus unterzukriegen. Ich glaube, ich brauche echt mal Urlaub.«
Ich strecke mich und grinse, obwohl ich ihr lieber weinend um den Hals fallen würde. Aber ich habe es so satt, dass alle Mitleid haben. Besser ist es, den Schmerz für immer wegzusperren und meine Tränen für mich zu behalten.

»Wie wär´s, wenn wir nach der Schule in die Stadt gehen und ein Eis essen?«, frage ich.

»Ja gerne. Ich muss heute nur schnell in den Stall. Ich denke, so um vier bin ich fertig.«
Alison strahlt mich an. Ich freue mich, dass ich sie etwas ablenken kann und dass sie mir so schnell verzeiht.

»Alles klar! Ich hole dich dann ab, von dir aus können wir bequem zu Fuß gehen«, sage ich und umarme sie.
Alison hält kurz den Atem an, aber erwidert meine Umarmung zaghaft.

Im Unterricht sitze ich wieder neben ihr und wir folgen Mr. Collins nur halb, denn wir schreiben uns gegenseitig Zettel, auf denen wir Witze über Sean kritzeln:
Sean, der ist - ein dummes Schaf / der sabbert immer im Schlaf | Sean der ist - bescheuert / und hab ihm eine gescheuert | Sean das dumme Huhn / ist ein Hurensohn.
Alison zuckt und guckt mich erschrocken an, aber ich zucke nur mit den Schultern und zwinkere. Nach der Schule verabschieden wir uns, als ich aussteigen muss, und schaue zu, wie der Bus um die Ecke biegt. Ein warmes Gefühl steigt in meine Magengegend.
Ich lasse das Essen, das ich gestern Abend vorgekocht habe, links liegen und gehe in das Bad. Unter der Dusche lasse ich meinen Gedanken freien Lauf. Ich denke darüber nach, was aus Sarah geworden ist und was sie jetzt macht. Bereut sie

unseren Kuss? Hat sie mich nur ausgenutzt, um Freigetränke zu bekommen? Ich versuche, den Gedanken zu verdrängen und auf Alison zu lenken. Ich bin verwirrt. Ich glaube, ich habe mich in Sarah verliebt. Aber sie ist so distanziert. Immerhin habe ich jetzt eine Erklärung dafür, weshalb ich mich nie von Jungs angezogen gefühlt habe. Ich finde es auch gar nicht schlimm, weil ich mich nicht mehr zwingen muss Jungs zu mögen. Dad weiß natürlich nichts davon. Ich glaube, es interessiert ihn gerade auch nicht. Bei Alison fühle ich mich wohl. Ich mag sie auch sehr. Aber anders. Ich kann es noch nicht beschreiben, ich glaube, ich sollte sie öfters treffen, um es herauszufinden. Im Bademantel eingehüllt gehe ich in mein Zimmer, um mich umzuziehen. Die Bluse von dem Abend mit Sarah liegt noch immer unter meinem Kissen. Sie riecht nach Zigarettenrauch und Sarahs Parfum und ich nehme sie jeden Abend mit ins Bett, um voller Sehnsucht einzuschlafen und von ihr zu träumen. Dabei begleitet mich der Klang meiner Ballerina in den Schlaf. Oft mischt sich Sarahs Gesicht in meine Träume.

Ein Kloß im Hals kündigt sich an und ich drehe mich zum Schrank, um mich abzulenken. Ich ziehe ein weißes Top und ein grünes Langarmshirt mit Blumenmuster an. Es ist zu warm dafür, aber ich muss meine Narben verstecken.

Als ich fertig bin, ist es auch schon Zeit loszufahren. Ich nähere mich der Farm und höre laute Stimmen aus dem Haus. Sie hat mir erzählt, dass ihr Vater oft betrunken ist, wenn keine Reitstunden stattfinden und er schnell aus der Haut fährt. Ich überlege zu klingeln, aber da kommt schon eine SMS.

»Sorry, ich schaffe es heute nicht. Grüße Alison.«

Na toll. Was mache ich denn jetzt? Ich beschließe, alleine in die Stadt zu gehen. Besser als alleine Zuhause 'rumzusitzen. Der Weg ist nicht lang, ich wende mich nach links durch ein kleines Waldstück und lausche den Geräuschen der Tiere und des Windes, der durch die Bäume weht. Das trockene Laub knistert unter meinen Füßen. Die Sonnenstrahlen suchen sich ihren Weg durch die Wipfel und kleine Insekten fliegen wie glitzernde Partikel durch die Luft. Alles scheint so friedlich, ganz im Gegensatz zu meinem Inneren. Dass mich alle verlassen, wiegt tonnenschwer auf meiner Brust und ich atme tief ein, um den Kloß im Hals loszuwerden.

Schon bald höre ich Autos, die über die Hauptstraße rauschen und der Wald lichtet sich. Mein Weg führt über eine Wiese und ich tauche wieder in die Realität ein.

Ich gehe erst in verschiedene Boutiquen, nur um zu sehen, was gerade in Mode ist. Mich haben Klamotten noch nie interessiert, aber ich denke, nach dem Abend mit Sarah ist es Zeit, meinen Kleiderschrank neu zu sortieren. Ich werde auch schnell fündig: ein langärmeliges Kleid, das locker über die Knie fällt. Es ist kobaltblau und hat einen schmalen schwarzen Gürtel um der Taille. Dazu suche ich mir noch passenden Schmuck und flache Schuhe, auf High Heels sehe ich aus wie ein Storch, der versucht auf Eis zu laufen.

Erschöpft setze ich mich in ein Café und bestelle einen Cappuccino mit extra viel Sahne. Ich habe noch nichts gegessen heute, aber ich habe schon seit Tagen keinen Hunger. Mein Handy klingelt und ich schrecke aus meinen trüben Gedanken hoch.

Alison blinkt auf dem Display.

Ich gehe nicht ran und starre den eingehenden Anruf an, bis das schrille Klingeln endlich aufhört. Als ich merke, dass meine Hand zittert, stecke ich das Handy schnell in meine Tasche. Ich zahle und wandere ziellos die Straße entlang. Es frustriert mich, dass ich meinen freien

Nachmittag mit Nichtstun verschwende. Ich habe genug Arbeit im Haus, denn wir erwarten nächste Woche endlich die neue Küche und es muss so viel noch gemacht werden. Insgeheim weiß ich, dass ich nur nach Ablenkung suche. Es ist sinnlos, für mich gibt es keine Zukunft, in der ich glücklich sein kann.

Nach einer halben Ewigkeit finde ich mich auf dem Friedhof wieder. Ich spüre einen Stich in der Brust und Sarahs Gesicht taucht vor meinem inneren Auge auf. Langsam suche ich mir einen Weg zwischen den Gräbern. Die Sonne geht allmählich unter und taucht die Welt in ein orange-rotes Licht. Die Grabsteine werfen lange Schatten und die Vögel singen ihr Abendlied. Ich muss an das anonyme Grab meiner Mutter denken, in der ihre Urne liegt. Für Dad war klar, dass wir New York nicht so schnell wiedersehen werden und wir ihr Grab nicht pflegen können. Wenn ich könnte, würde ich jeden verdammten Tag zu ihr gehen und ihr sagen, wie sehr ich sie vermisse und wie sehr mir das Alles leidtut. Sie hätte mich einfach sterben lassen sollen. Mir schießen Tränen in die Augen. Mein Hals schnürt sich zu und ich schlucke schwer. Ich drehe mich um und will einfach nur weg hier. Mechanisch setzen sich meine Beine in Bewegung. Ich achte nicht darauf, wohin ich gehe.

Im Park setze ich mich kurz, um eine Pause zu machen. Ich zünde mir eine Zigarette an. Die Packung ist noch fast voll, Sarah hat sie mir zum Abschied geschenkt. Es macht den Kopf frei und lenkt mich ab. Der Qualm brennt in meiner Lunge, ich atme noch tiefer ein, um mich von meinem inneren Schmerz abzulenken.

Meine Hand greift in meine Tasche und ich ziehe mein Notizbuch raus. Ich nehme den Stift und beginne zu schreiben:

Sich selbst hat sie schon vor langer Zeit
verloren, denn ihre Gabe, bedingungslos zu
lieben, hat sich unwiderruflich in Hass gegen sie
selbst gewandelt.
Das Leben bedeutet ihr nichts, sie würde es
jederzeit jemanden schenken, der es eher zu
schätzen weiß. Die Fähigkeit zu lieben ist schon
lange nicht mehr da.
Ihr goldener Thron ist kalt und hart wie Stein.
Ihr Heim gleicht einer kargen Wüste. Sie führt
einen inneren Kampf gegen sich selbst.
Ein Krieg, Vernunft gegen das Verlangen, alles
zu tun, um das Leben wieder zu spüren.
Sie zieht die selbst angelegten Ketten enger, bis
sie in ihr Fleisch schneiden. Verweigert alles,
was sie zum Überleben braucht. Sie schläft schon
lang nicht mehr, denn Schlaf bedeutet Erholung
und die gesteht sie sich nicht ein. Lebt in Askese,
weil ihr weltliche Dinge nichts bedeuten.
Am Tag bewahrt sie ihre Maske davor, einfach
auseinanderzubrechen. Aber sobald die Nacht
hereinbricht und die Welt sich schlafen legt,
beginnen die inneren Wunden zu bluten.
Die Zeit heilt nicht, sie macht es nur noch
unerträglicher.
So viele Jahre, die sie noch ausharren muss,
bevor sie sich lösen kann. Sie ist sich sicher, dass
sie das Leben niemals genießen kann.
Niemals.

Ich wische meine Augen trocken und mich übermannt
wieder diese schreckliche Erinnerung.
   Bitte nicht!

Ich drehe die Zigarette zwischen meinen Fingern. Die Laternen scheinen durch die Vorhänge und tauchen mein Zimmer in ein schwaches, dunkelgelbes Licht. Das Bett knarzt, als ich mich auf die Kante setze. Ich habe mir aus der Küchenschublade eine Packung Streichhölzer stibitzt. Ein Zischen ertönt und die keine Flamme frisst sich zügig in das dünne Holzstück. Die Kippe zwischen meinen Lippen halte ich das brennende Streichholz an das Ende und ziehe kräftig daran, so, wie Daniel es mir gezeigt hat. Bevor ich einatme, schüttele ich mit der Hand, bis das Feuer erlischt. Als der Rauch sich in meine Lunge frisst und meine Luftröhre Feuer fängt, bekomme ich einen heftigen Hustenanfall, den ich vergeblich in meinem Kissen zu ersticken versuche. Ein lautes Niesen vor meiner Tür erschreckt mich fast zu Tode.

Lachende Menschen reißen mich wieder zurück in die Wirklichkeit und ich sehe mich um. Mein Herz bleibt plötzlich stehen, als ich Sarah erkenne. Hastig trete ich die Zigarette aus und verstecke mich in einem großen Busch, der hinter der Bank steht. Ihr scheint es ja besser zu gehen, denke ich verärgert. Sie geht Arm in Arm mit Tristan durch den Park, lachend und mit einem Joint in der Hand. Als sie stehen bleibt, um ihn auszutreten, stellt sich Tristan vor Sarah und küsst sie, als hätte er nie etwas anderes gemacht. Mein ganzer Körper krampft sich zusammen und ich beiße auf meine Faust, um nicht laut aufzuschreien. Ein glühendes Eisen bohrt sich in mein Herz. Nach einer Ewigkeit gehen sie weiter, ohne ein Wort zu sagen. Sie sieht ihn nur glücklich an und schmiegt sich an seine Schulter. Ich presse die Hände vor mein Gesicht und schluchze den Schmerz aus mir heraus.

Ich will nur noch sterben.

»Jennifer?«

Die Stimme, die meinen Namen flüstert, klingt wie aus weiter Ferne. Ich will alleine sein. Einfach hier sitzen und sterben. Eine Hand greift um meinen Arm, zwingt mich dazu, aufzustehen. Ich sehe nur verschwommene Umrisse, meine Augen brennen und ich wische mir mit dem Ärmel das nasse Gesicht trocken. Im schwachen Schein des Mondes erkenne ich Jays schmales Gesicht.

»Was machst du hier?«, frage ich nur.

Er muss mich stützen, weil meine Beine so zittern. Wir setzen uns auf die Bank vor meinem Versteck.

»Ich saß grad hier, um mir einen zu drehen. Hab dich weinen gehört. Ist was passiert?«, fragt er ehrlich besorgt.

Ich bringe kein Wort über die Lippen. Der Gedanke an das, was ich gesehen habe, treibt mir wieder die Tränen in die Augen. Ich will nicht reden, würde am Liebsten in mein tiefes Loch verschwinden und nie mehr 'raus kommen.

»N-n-nein. Bin nur durcheinander. Hast du 'ne Kippe?«, frage ich, um ihn abzulenken.

»Ich glaub, ich hab was Besseres. Warte.«

Jay kramt in seiner Hosentasche und holt ein Plastiktütchen hervor. Er legt etwas Tabak in ein kleines weißes Papier und streut die Krümel aus dem Tütchen drüber. Anschließend leckt er das Papier an und dreht eine Zigarette, die er sich mit einem Streichholz anzündet.

»Hier. Zieh langsam«, sagt er und reicht mir den Joint.

Es schmeckt genauso, wie das, was Sarah mir gegeben hat. Wie beim letzten Mal werde ich ruhiger und ich kann wieder durchatmen. Es zischt und ich drehe mich um. Er hat eine Dose Bier geöffnet und schlürft genüsslich dran. Dabei mustert er mich ungehemmt.

»Darf ich?«, frage ich und nehme die Dose.

Die Stille zwischen uns ist nicht unangenehm und ich

erwidere seinen Blick.

»Ich muss mich noch bei dir für mein Benehmen letztens entschuldigen. Hatte einen echt miesen Tag und konnte die Gesellschaft irgendwann nicht mehr ertragen. Ich hoffe, ich hab dich nicht zu sehr verletzt.«

»Nein, ja.«

Ich schüttle den Kopf und lege mir eine Hand an die Stirn.

»Schon okay. Es war nicht nett, aber ich hab´s überlebt, wie du siehst.«

Ich lächele schwach und zieh die Nase hoch. Jay sieht mich skeptisch an, seine Lippen verziehen sich zu einem schiefen Grinsen und er stupst gegen meinen Arm.

»Okay. Vergessen wir das. Was hast du jetzt vor? Soll ich dich nach Hause begleiten? Ich rufe dir auch ein Taxi, wenn dir das lieber ist«, fragt er und zieht an dem Joint.

»Hmm. Nein. Ich möchte noch ein bisschen hier sitzen bleiben. Es ist so schön still.«

Meine Hände sind kalt, ich klemme sie mir unter die Oberschenkel.

»Ich möchte nicht, dass du alleine hier sitzt mitten in der Nacht. Wir müssen nicht reden, lass dir Zeit«, sagt Jay.

Etwas Schweres legt sich auf meine Schultern. Jay hat sich seine Jacke ausgezogen und mir drüber gelegt.

»Danke. Frierst du nicht?«, frage ich.

»Nein. Ich bin früher selbst im Winter in Shorts Joggen gegangen. Man gewöhnt sich an die Kälte. Das solltest du auch mal probieren.«

Er hakt nicht nach, warum ich geweint habe, sondern lässt mir scheinbar die Wahl, ob ich ihm das erzählen will.

»Ich hasse Sport! Außerdem habe ich gerade gar keine Zeit dafür«, antworte ich völlig ernst.

Jay lacht laut auf.

»Nur Ausreden! Egal. Wie findest du es hier? Hast du den Kulturschock überstanden?«

Ich denke an den Jay, den ich damals kennengelernt habe.
Er ist wie ausgewechselt. Sein Interesse scheint echt zu
sein, er sieht mir offen in die Augen.

»Ja, ich denke schon. Hier ist es so ... leise ... und ich hab
noch nie eine so dunkle Nacht erlebt wie hier. Bei uns
leuchtet nachts die ganze Stadt. Das musst du gesehen
haben!«
Ich rede viel zu schnell und atme tief ein und aus.

»Ich mag diese Stille. Bin gern allein und sitze oft hier,
abends wenn die Leute in ihren Häusern verschwunden
sind«, er senkt den Blick.
Ich stupse ihn an und er blickt zu mir auf. Ich nehme ihm
den Joint aus der Hand und ziehe zweimal. Mir wird warm.
Ich stelle die Füße auf die Bank und lege mein Kinn auf die
Knie.

»Ich mag die Einsamkeit auch. Der Trubel in der
Großstadt hat mir immer das Gefühl gegeben, nur ein
kleines Licht zu sein. Ich habe es genossen, in der Menge
verschwinden zu können und unsichtbar zu sein«, sage ich.
Ich bin nach Moms Tod oft nachts alleine durch die Stadt
gewandert, saß auf der Parkbank und bin dort nicht selten
eingeschlafen. Die Menschen sind an mir vorbeigelaufen
und haben mich angesehen, als wäre ich ein Penner.
Nach einer Weile fragt Jay:

»Willst du jetzt alleine sein? Ich kann dir ein Taxi rufen.
Sitz hier nur nicht alleine rum. Wer weiß, was für Gestalten
sich hier rumtreiben«, sagt er leise.
Er sieht angestrengt in die Ferne. Mein Herz pocht nicht
mehr so stark und meine Lider werden schwer. Die wilden
Gedanken verstummen langsam.

»Können wir gehen? Ich möchte noch etwas die Ruhe
genießen. Mein Haus ist nur eine halbe Stunde von hier
entfernt. Hier, deine Jacke«, sage ich und will mir seine
Jacke ausziehen.

Jay schüttelt mit dem Kopf.

»Nein, behalt sie so lange. Du hast sie nötiger als ich.«

So gehen wir schweigend durch die Nacht. Ich bin froh, dass er hier ist. Ich kenne ihn kaum, aber er scheint mich ohne viele Worte zu verstehen. Es herrscht eine angenehme Stille zwischen uns, ab und zu wirft er mir einen Blick zu, den ich schwer deuten kann. Er wirkt nachdenklich.

»Worüber denkst du nach?«, frage ich schließlich.

Jay lächelt schwach, als er antwortet.

»Du erinnerst mich an meine kleine Schwester. Sie ist vierzehn und total rebellisch. Ich muss sie oft nachts nach Hause holen, wenn sie wieder Streit mit unserer Mutter hatte.«

Da ist dieses Wort wieder, das mich in den Abgrund reißt. Ich versuche, mir nichts anmerken zu lassen.

»Ich bin ständig der Streitschlichter zwischen den beiden und am Ende fallen sie sich immer weinend in die Arme. Sorry, ich wollte dich nicht verletzen ...«, sagt er und bleibt stehen, als ich nicht mehr weiter gehe.

Meine Tränen bahnen sich ihren Weg. Ich kann es einfach nicht verhindern. Mir schießen Bilder von damals in den Kopf, wie ein Gewitter blitzen sie durch meine Gedanken. Und mich packt die Angst vor den Albträumen. Ich will nie wieder schlafen.

»Nein, es ist schwer, das stimmt. Pass gut auf die Zwei auf.«

Mehr Worte bringe ich nicht raus. Ich wische mir die Tränen mit dem Ärmel seiner Jacke weg und gehe weiter. Jay legt einen Arm um meine Schultern. Ich wehre mich nicht, seine Nähe verhindert, dass ich auseinanderbreche. Als wir bei mir zuhause ankommen, gebe ich ihm die Jacke wieder. Er dreht sich inzwischen den zweiten Joint.

»Danke, dass du mich begleitet hast. Und Danke für die Jacke. Jetzt zieh sie schnell an, noch ist sie warm«, sage ich.

Er reicht mir den Joint und zieht sich die Jacke über. Ich will ihm den Joint wieder geben, aber er hebt die Hand.

»Behalte ihn. Wenn du wieder so am Boden bist, dann rauch den. Der hilft nur kurz, aber so kannst du für den Moment wieder klarer denken.«

»Ja ... Danke. Für alles«, sage ich leise.

Er lächelt, dreht sich um und verschwindet in der Nacht.

9. Kapitel

»JENNIFER!«, höre ich Dad schreien.

Um seinen Unmut noch zu bekräftigen, hämmert er gegen die Badezimmertür. Ich drehe das Wasser aus. Schlagartig kehrt die Kälte wieder unter meiner Haut zurück. Zitternd hülle ich mich in das Badetuch. Ich antworte nicht.

»Wie lange willst du noch duschen? Du bist seit einer Stunde da drin. Das Essen wird kalt!«

»Ich habe keinen Hunger.«

Ohne eine Antwort abzuwarten, werfe ich das Tuch über die Heizung und drehe das Wasser wieder auf. Wie heiße Nadelstiche prasseln die Wassertropfen auf meine Haut. Ich sauge den Schmerz regelrecht ein, nur um alles andere zu vergessen. Aber vergebens.

Das Strahlen ihrer Augen, ihr Lächeln, der sehnsüchtige Blick ... All das ist unauslöschlich in meiner Erinnerung eingebrannt. Ich verdiene Sarah nicht, so wie ich meine Mom nicht verdient habe. Alles endet immer nur in Schmerz. Dad wendet sich auch bald von mir ab. Vielleicht ist es besser so, denn dann bin ich endlich frei, zu gehen. Ich male mir aus, wie ich die letzten Worte in das Fotoalbum schreibe. Es in den Armen halte und die letzten Atemzüge nehme, bevor ich in den ewigen Schlaf falle.

Aus der Dusche raus, ins Handtuch rein. Ich vergrabe mein Gesicht darin und schluchze. Alles in mir verkrampft sich.

Dummes Miststück. Es macht doch eh alles keinen Sinn!

Bevor ich realisiere, was ich da tue, habe ich tiefe Kratzer auf meinen Armen und den Oberschenkeln. Ich presse die Lippen aufeinander und tupfe mit Klopapier das Blut weg. Mein Blick ist verschwommen, als ich mich erschöpft ins

Bett schleppe. Nachts um drei Uhr stehe ich auf, weil ich mich nur hin und her wälze, und gehe leise in die Küche, um ein Glas Wasser zu trinken. Als ich an Dads Schlafzimmer vorbei schleiche, höre ich ihn laut schnarchen. Mir fällt ein, dass ich eine Flasche Whiskey im Vorratsschrank gesehen habe. Reflexartig greife ich danach und gehe mit meiner Schachtel Zigaretten auf die Veranda. Der Vollmond wirft sein kaltes Licht auf die Erde. Ich setze mich auf die Treppe und trinke einen Schluck nach dem anderen. Der Alkohol wärmt mich und vertreibt die dunklen Gedanken, es brennt im Hals, aber betäubt den inneren Schmerz. Ein Windzug weht mir den Duft der Zedern in die Nase.

Verdammt. Ich muss Alison schreiben.

Ich brauche jetzt jemanden zum Reden. Es ist mitten in der Nacht und sie schläft bestimmt. Aber ich kann nicht untätig rumsitzen.

Dad hat noch Schlaftabletten im Schrank.

Mit der flachen Hand schlage ich mir auf die Stirn, um den Gedanken loszuwerden. Ich ziehe an der Kippe und ohne große Hoffnung auf Antwort tippe ich eine SMS in mein Handy.

»Sorry, ich habe deinen Anruf jetzt erst gesehen.«

Das war gelogen und sie weiß es sicher auch.

»Hattest du Streit mit deinem Dad? Wenn du reden willst, dann ruf mich bitte an!«

Ich schicke die Nachricht ab und trinke einen weiteren Schluck. So langsam wird es richtig kalt, aber statt reinzugehen, stehe ich wankend auf und gehe rauchend mit meiner Flasche die Auffahrt runter zur Straße hin. Ich kann kaum die Hand vor Augen sehen und ich habe keine Ahnung, wohin ich gehe. Mir ist schwindelig und ich tapse in den Wald hinein. In der Ferne höre ich eine Eule rufen. Ehe ich es verhindern kann, kommt mir der Whiskey wieder hoch und ich kotze in einen Busch.

Igitt! Los weiter. Wozu eigentlich? Könnte mich in meine Kotze legen und einfach hier verrecken. Wertloses Miststück! Hab es nicht anders verdient. Mom tot. Meine Schuld. Dad hasst mich. Daniel nicht mehr da. Sarah verarscht mich. Mir ist kalt. Nur Bademantel an. Egal. Erfriere ich halt. Scheiße. Überall Äste. Muss mich setzen. Meine Hände ... kalt ... tun weh. Mir ist schlecht. Was ist das? Muss aufstehen. Rinde kratzt auf meiner Haut. Kann nicht laufen. Überall Bäume. Muss sterben. Muss aufhören ... Hallo?

Ein seltsames Flackern erregt meine Aufmerksamkeit. Bilde ich mir das nur ein, oder kommt das Licht auf mich zu? Ein lautes Schnauben lässt mich zusammenfahren und ich kann den Schrei nicht unterdrücken, als ich rückwärts in das Laub falle.

»Oh mein Gott, Jennifer!«, höre ich jemanden rufen.

Eine Taschenlampe scheint mir ins Gesicht und ich kann mein Gegenüber nicht erkennen. Langsam setze ich mich auf, der Wald um mich dreht sich wie ein Karussell.

Alison springt von Beany und kniet sich vor mich hin.

»Ist alles in Ordnung? Was machst du denn hier draußen? Sag mal, bist du betrunken?«, fragt sie mich und ich sehe im Schein des Mondes, wie sie ihre Brauen zusammenzieht.

Ich schiele sie an und unterdrücke eine Antwort. Ich glaube, wenn ich den Mund aufmache, kotze ich ihr auf die Füße.

»Komm mit, ich bringe dich in den Stall.«

Alison hilft mir auf und da kommt es schon hoch. Ich kann mich rechtzeitig drehen und übergebe mich wieder die Büsche. Sie hält mir die Haare hoch und ich war nie gleichzeitig so dankbar wie beschämt.

Im Stall ist es warm und ich dusche in der angrenzenden

Gartendusche. Das Wasser ist schweinekalt, aber ich bekomme wieder einen klaren Kopf. Alison bringt mir eine Tasse mit schwarzem Tee und Zucker.

»Hier, ich habe dir eine Decke geholt, du kannst dich dort hinten hinlegen und dich ausruhen. Dad kommt nie hier her.«

Sie zeigt auf ein benutztes Heubett in der hintersten Ecke des Stalls, ganz in der Nähe von Beanys Box.

»Schläfst du etwa hier?«, frage ich sie lallend. Man wie peinlich!

Reiß dich zusammen!

»Ja, sehr oft eigentlich. Wenn mein Dad, du weißt schon ...«

Sie schaut auf den Boden.

»Wenn er wieder betrunken ist?«, rate ich und jetzt würde ich am Liebsten im Erdboden versinken, weil ich sturzbesoffen vor ihr sitze.

»Tut mir leid. Ich hatte einen Scheiß-Tag heute. Und nicht nur, weil du mich versetzt hast«, sage ich und sehe sie entschuldigend an.

Ich nehme ihre Hand.

»Schon okay. Ich kann dich verstehen. Hat es was mit dieser Sarah zu tun?«

Mir steigen Tränen in die Augen, bevor ich es verhindern kann. Ich wische sie schnell weg, aber Alison hat schon die Arme um mich geschlungen und ich kann nicht anders, als hemmungslos zu heulen. Sie ist warm, wie meine Mom. Wie Sarah. Und doch gibt mir diese Wärme mehr. Meine Hände krallen sich in den Stoff ihrer Cordjacke. Ich ziehe die Nase hoch und löse mich von ihr.

»Danke«, sage ich und sie reicht mir ein Taschentuch.

Ich schnäuze laut und muss darüber lachen.

»Ist schon gut. Es scheint geholfen zu haben«, sagt sie und ich sehe, dass auch ihre Augen feucht schimmern. Ich schäme mich, weil ich so egoistisch bin. Sie hat doch auch Probleme. Wollte ICH nicht FÜR SIE da sein?

»Ja, hat es. Was ist mit dir? Wieso bist du hier? Ich habe deinen Vater heute Morgen gehört«, frage ich und nippe vorsichtig an meinem Tee.

Mir ist immer noch kotzübel. Fast frage ich, wieso sie mich nicht angerufen hat, aber das hat sie ja und ich hasse mich noch mehr.

»Er hat sich aufgeregt, weil er weiß, dass wir zusammen in die Stadt gehen wollen. Sean hat mieses Zeug über dich geredet. Dad will nicht, dass ich mit dir rumhänge. Er denkt, du hast einen schlechten Einfluss auf mich. Aber er braucht sich doch eh keine Sorgen machen, oder? Ich meine, mich mag doch eh niemand«, sagt sie schulterzuckend.

Mir entgeht dennoch nicht ihr verletzter Blick. Schon wieder redet sie sich klein. Aber insgeheim gebe ich ihr Recht. Ich bin nicht gut für sie. Meinen Schmerz wird sie niemals heilen können, das kann ich ihr nicht antun. Ich sollte ihr sagen, dass wir keine Freunde sein dürfen. Doch stattdessen sage ich:

»Du bist großartig! Er macht sich bestimmt nur Sorgen, weil er niemanden außer dir hat. Wir beweisen ihm, dass ich harmlos bin, und machen unsere Arbeit ab sofort noch gründlicher, damit er mir vertrauen kann, okay?«

Reflexartig schlinge ich meine Arme um ihre Schultern. Ich rieche den zarten Duft ihrer Haare und fühle mich fast wie zuhause. Nicht in New York oder in unserem neuen Haus. Es fühlt sich an wie ein Ankommen nach einer langen, harten Reise. Ein wärmendes Feuer prasselt im Kamin, während draußen der Sturm tobt. Das lässt mich den Schmerz fast vergessen. Ich beschließe, heute bei ihr zu bleiben. Nur diese eine Nacht. Wir sitzen aneinander gekuschelt mit der Decke auf dem Heubett und ich erzähle ihr die Geschichte, wie ich zu meinem Spitznamen »Cookie Jen« gekommen bin. Der Tee zeigt seine Wirkung und der Schwindel lässt langsam nach. Ich bin unglaublich müde und kann meine Augen kaum offen halten.

»Hast du denn wieder mal Post von Daniel bekommen?«, fragt Alison mich und mein Kloß im Hals meldet sich wieder.

Ich schlucke und schüttle mit dem Kopf. Das letzte Mal, dass ich von ihm gehört habe, ist schon einige Wochen her.

»Ich hatte mal eine Brieffreundin. Sie wohnt in Norwegen, leider habe ich nur alle paar Wochen Post von ihr bekommen, weil sie ständig mit ihren Freunden unterwegs war.«

Ich sehe Alison an, dass sie sich wünscht, nichts gesagt zu haben.

»Und was wurde daraus?«, frage ich sie, als sie keine Anstalten macht, weiterzusprechen.

»Seit einem halben Jahr habe ich nichts mehr von ihr gehört. Ich habe ihr noch ein paar SMS geschrieben, aber sie hat sicher keine Lust mehr, mir zu schreiben.«

»Sie wird schon einen Grund haben, es liegt ganz bestimmt nicht an dir. Aber du hast ja jetzt mich«, versichere ich ihr und lege meinen Arm um ihre Schultern.

Wie sehr sich alle in ihr täuschen. Alison wird von allen schlecht behandelt, trotzdem ist sie für mich da und scheint ihre eigenen Probleme dabei zu vergessen.

Ihr Kopf wird schwer auf meiner Schulter und rutscht auf meine Brust. Ein leises Schnarchen verrät mir, dass sie eingeschlafen ist, und ich gebe mich der Schwere hin, die meinen Körper durchströmt. Trotzdem kann ich nicht schlafen. Während ich ihr die Haare streichle, denke ich darüber nach, wie ich Alison helfen kann. Aber mir fällt nichts ein, außer mit ihr wegzulaufen. Aber das kann ich meinem Dad nicht antun. Ein Schluchzer reißt mich aus meinen Gedanken und sie öffnet weinend ihre Augen.

»Oh, entschuldige. Ich habe schlecht geträumt. Nein. Eigentlich war es ein guter Traum«, sie setzt sich auf und ich nehme meinen Arm von ihrer Schulter.

»Was denn?«, will ich wissen. Wie kann man denn weinen, wenn man etwas Schönes geträumt hat?

»Ich habe von meiner Mom geträumt. Wir waren zusammen ausreiten und sind dann Pommes essen gegangen. Eigentlich ein total langweiliger Traum.«

Ihre Wangen bekommen eine rötliche Färbung und das hebt ihre schönen Sommersprossen noch mehr hervor. Ihre Augen füllen sich wieder mit Tränen und sie lässt sie einfach laufen, ohne sich die Mühe zu machen, sie wegzuwischen.

»Nein, nein. Das ist ein total schöner Traum! Behalte ihn dir fest in Erinnerung«, antworte ich.

Ich wünschte, ich könne mich auch an Mom erinnern, an damals, als noch alles in Ordnung war.

Aber ich habe es zerstört. Verdiene die Albträume.

Meine Hände umfassen ihr Gesicht und sie sieht mir in die Augen. Mit meinem Daumen wische ich ihr vergeblich die Tränen weg und ich lege meine Stirn an ihre.

Ich spüre die Wärme ihrer Hände auf meinen Armen, ihren Atem, der nach Pfefferminze riecht. Es legt sich eine Ruhe über uns, dieser Moment gehört nur Alison.

Tu es nicht!

Doch ehe ich darüber nachdenken kann, was ich tue, küsse ich sie. Sanft berühren meine Lippen ihren Mund. Meine Zunge streichelt ihre Unterlippe. Sie schlingt die Arme um meine Körpermitte und ich fasse in ihre Haare. Alison weint und als wir voneinander ablassen, legt sie ihre Stirn an meine Brust.

»Ist schon gut«, flüstere ich.

Verdammt, was mache ich hier? Mir wird alles zu viel.

Stumm und ohne Tränen weine ich, mein Herz ist schon zerschmettert, ich kann Alison nicht mit in den Abgrund reißen.

Geh, bevor es zu spät ist!

Alison hat mich kurz vor Morgengrauen nach Hause gebracht. Ich durfte mich vor ihr auf Beany setzen und genoss ihre Wärme in meinem Rücken. Ich habe mich heute Morgen bei Henry krank gemeldet, die Kopfschmerzen bringen mich noch um. Ausgerechnet heute ist der Schulball. Ich muss unbedingt schlafen. Alison habe ich eine SMS geschickt, sie schrieb nur, dass sie es versteht und hat mir einen Kuss-Smiley hinterhergeschickt, der den Schmerz in meinem Herzen nur verschlimmert.

Erschöpft falle ich auf mein Bett. Dad war schon weg, als ich nach Hause kam, ich hoffe, er hat nicht kontrolliert, ob ich in meinem Bett liege.

Mein Handy vibriert und ich sprinte zu meiner Tasche. Mein Kreislauf rächt sich für die Aktion und ich muss mich ein paar Minuten lang am Bettpfosten festhalten, um nicht umzukippen.

Daniel hat sich eine Ewigkeit nicht mehr gemeldet, aber es ist nur Coraline.

»Hallo Cora. Was gibt´s?«, frage ich müde in den Hörer.

»Wie hörst du dich denn an? Du musst endlich mal wieder unter Leute! Ständig hängst du mit Alison rum, du musst zu Tode gelangweilt sein. Deshalb treffen wir uns noch mit Mike, Ben und Nancy im Park. Du weißt schon, vor der Party ein paar Bier trinken. Alkohol erlauben die Langweiler uns ja nicht.«

Ich kann ihr Augenrollen förmlich durchs Telefon hören und sie lacht, dabei weiß sie nichts von Sarah oder Alison und meinen nächtlichen Ausflügen. Cora und ich sind zwar ganz gute Freunde, aber mein kleines Geheimnis behalte ich lieber für mich. Ich wollte Alison gerade gegenüber Cora verteidigen, aber ohne eine Antwort abzuwarten, quasselt sie einfach weiter.

»Wir gehen morgen ins Kino, Mike und Ben kommen auch. Ich soll dir das eigentlich nicht verraten, aber Ben findet dich total süß.«

Ich sehe Cora förmlich vor mir, wie sie rot wird. Wie ein kleines Kind. Aber ich spiele mit, damit sie Ruhe gibt.

»Wow. Echt? Klar komme ich mit. Aber Ben soll sich nicht zu viele Hoffnungen machen. Ich habe den Kopf gerade so voll mit anderen Dingen.«

Schlimm genug, dass ich mich auf ein Date mit ihm eingelassen habe. Ich rolle mit den Augen, weil es anstrengend ist, so zu tun, als wäre alles normal. Gott sei Dank sieht Cora das nicht.

»Na klar. Wir freuen uns. Es läuft eine romantische Komödie, perfekt für Mike und mich. Vielleicht hält er diesmal auch meine Hand.«

Oh Gott. Du hast ja Probleme.

»Ja, ich freue mich auch schon riesig. Endlich mal Ablenkung von alldem hier!«

Ich hoffe, meine Stimme klingt aufgeregt genug und ich verabschiede mich von ihr, um schnell auflegen zu können. Ich tippe eine SMS an Alison.

»Morgen Nachmittag bin ich im Kino mit Cora und den Jungs, sollen wir uns vorher in der Stadt treffen? Muss mit dir reden. xoxo Jen.«

Sekunden später kommt die Antwort:

»Sorry. Ich darf nicht, weißt du doch! :-(komm doch vorher zu mir. <3«

Ich will zwar nicht nach Stall riechen, wenn ich im Kino sitze, aber kann schlecht nein sagen. Also tippe ich ein *»Geht klar! Ich freu mich! :-*«* und packe mein Handy wieder in die Tasche. Ich tapse wieder zum Bett und schlafe sofort ein.

Dad weckt mich unsanft auf, indem er in mein Zimmer gestürmt kommt und mich wachrüttelt.

10. Kapitel

»Hey! Wach auf. Du kommst sonst noch zu spät zum Ball!«

Dad zieht mir die Decke vom Kopf und rüttelt an meiner Schulter. Meine Augen sind noch halb geschlossen, während ich mich aufsetze. Ich gähne und weiß einen Moment lang nicht, wo ich mich befinde oder welches Jahr wir haben.

»Was?«, frage ich verwirrt.

»Der Schulball! Deine Verabredung steht bestimmt gleich vor der Tür. Willst du ihn so empfangen?«, fragt er belustigt und deutet auf meine Haare.

Ich bin bestimmt total zerzaust und plötzlich fällt mir alles wieder ein. Ich springe aus dem Bett, ignoriere den Schwindel und wanke ins Bad.

Gott sei Dank holt Ben mich nicht ab. Ich habe auch keine Lust, mich mit denen im Park zu treffen und lasse mir extra Zeit in der Dusche. Ich mache mir Lockenwickler in die Haare und betrachte das Kleid, das ich mir gekauft habe. Die Handschuhe sind übertrieben, aber ich habe keine Wahl, wenn ich keine blöden Fragen wegen der Narben beantworten will. Ich breite das Make-up, das Cora mir geliehen hat, vor mir aus. Foundation, Concealer, Lidschatten, Eyeliner, Mascara, Lippenstift ... das ganze Zeug überfordert mich, deshalb kaschiere ich bloß meine Augenringe mit dem Concealer und lege etwas Puder auf. Den Eyeliner lasse ich lieber weg, viel zu kompliziert. Ich entscheide mich für einen hellgrünen Lidschatten und Mascara. Die Locken lasse ich einfach fallen. Vorsichtig, um mein Werk nicht zu zerstören, ziehe ich mir das Kleid über.

»Wow. Was hast du mit meiner Tochter gemacht?«, fragt Dad, als ich die Treppe runter wackle.

Cora bestand darauf, dass ich Schuhe mit Absätzen trage. Den Abend überlebe ich sicher nicht in diesen Dingern. Er strahlt mich an und meine Laune sinkt.

Du hast ja keine Ahnung.

»Danke. Falls es ein Kompliment war. Kannst du mich zum Ball fahren? Ich bin etwas spät dran und mein Date ist bestimmt schon dort.«

Ein Horror, wenn ich so gekleidet mit dem Bus fahren müsste.

»Na klar. Zieh dir eine Jacke über, es wird kühl heute Nacht.«

Die Party ist schon voll im Gange, als ich die Sporthalle betrete. Überall hängen Girlanden und Luftballons, eine Band spielt einen Popsong aus den Charts und das Licht wurde gedimmt. Alle stehen am Rand, bis auf Cora und Mike, die sich in wilden Kreisen über die Tanzfläche bewegen. Ich drängle mich durch die Leute, um nach Ben zu suchen. Es ist viel zu laut hier drin und die Luft steht. Ich zwinge mich zur Ruhe, Menschenansammlungen habe ich schon immer gehasst.

»Bist du auch endlich mal da?«, schreit mir jemand von hinten ins Ohr. Ich dreh mich um und sehe Ben mit Nancy im Arm hinter mir stehen.

»Sorry! Ich hab total verpennt!«, rufe ich zurück.

Ben mit Nancy zu sehen, versetzt mir einen eifersüchtigen Stich. Ich stehe nicht auf ihn, aber er war MEIN Date und hat mich einfach so ersetzt. Ausgerechnet mit DER. Nancy grinst mich überheblich an. Na schön. Soll sie ihn haben. Ben fasst mich am Arm.

»Musst halt alleine tanzen. Vielleicht beim nächsten Mal«, sagt er laut. Sein Atem stinkt nach Bier.

Ich lasse die beiden stehen und gehe. Was für ein Reinfall.

Am Ausgang steht Alison und beobachtet unsicher das Geschehen. Sie trägt ein hellgelbes, knielanges Kleid und eine grüne Stola um ihre schmalen Schultern. Als sie mich sieht, strahlt sie über das ganze Gesicht. Ich umarme sie und deute ihr, mir nach draußen zu folgen.

»Puh. Ganz schön laut da drin. Bist du alleine hier? Ich dachte, du darfst nicht kommen«, sage ich und atme tief ein und aus.

Die Luft riecht nach Regen. Alison streicht sich eine Strähne hinters Ohr.

»Ja. Ich wollte nicht, aber mein Vater hat darauf bestanden, dass ich gehe. Und du? Ich hatte gedacht, dass du ein Date hast«, fragt sie und ihre Wangen werden rot.

»Ja, das hatte ich. Aber er hat mich ausgetauscht, weil ich zu spät kam. Ist mir nur recht. Ich hasse es, zu tanzen!«

Und ich hasse es, dich anzulügen.

»Wirklich? Wie schade. Hörst du das? Die spielen meinen Lieblingssong.«

Sie formt mit der Hand eine Muschel hinter ihr Ohr, was völlig unnötig ist. Die Musik hört man bestimmt noch meilenweit. Alison nimmt meine Hand und legt sie an ihre Hüfte. Sie hält sich an meiner Schulter fest und sie bewegt sich langsam im Takt der Musik. Ich schließe die Augen.

Sag ihr, dass es vorbei ist! Muss es beenden. Kann ihr keine Zukunft mit mir versprechen. Geh. Kann niemanden glücklich machen! Wäre ich bloß nicht hierhergekommen. Was tust du da? Der Duft... Diese Wärme...

Sie ist mir näher gekommen, ihre Hände berühren meine nackten Oberarme und mein Herz hält mich an diesem Moment fest und sperrt meine Gedanken in den Kerker.

Ich öffne die Augen und sehe ihr ins Gesicht. Sie ist so nah, dass ich die braunen Punkte in ihrer sonst blauen Iris sehen kann. Meine Hände legen sich auf ihre Taille. Sie schließt die Augen und neigt ihren Kopf, unsere Gesichter berühren sich.

Ein Knistern. Kaminfeuer in der verschneiten Hütte. Weicher Stoff auf meiner nackten Haut. Duft von Vanille ...
Eine Autotür knallt zu und reißt mich wieder zurück in die Realität. Alison löst sich erschrocken von mir und tritt zwei Schritte zurück. Ein Taxi steht in der Einfahrt und ich kann nicht glauben, wer da auf mich zu gerannt kommt.

»Daniel!«

Ich stolpere ihm in meinen schrecklichen Schuhen entgegen und wir prallen gegeneinander. Er hält mich fest, damit ich nicht hinfalle, und schlingt seine Arme um meinen Körper. Er riecht wie immer nach Schokolade. Mein Make-up ist mir egal, ich presse mein Gesicht in seine Jacke und weine hemmungslos die ganzen letzten Monate aus mir 'raus. Er presst seine Lippen auf meinen Kopf.

»Ist ja gut. Pass auf, du verschmierst ja alles!«, sagt er und löst sich von mir.

Ich schniefe und er reicht mir ein Taschentuch.

»Ist mir egal. Was machst du hier? Ich dachte, du musst dich um dein College kümmern?«, frage ich ihn atemlos.

»Ja, aber ich kann doch unmöglich deinen Ball verpassen. Dein Vater hat meine Mutter angefleht, mich fliegen zu lassen, um dich zu überraschen. Du siehst hammermäßig aus!«

Er mustert mich von oben bis unten. Ich trete verlegen auf der Stelle. Mir fällt Alison wieder ein und ich drehe mich schuldbewusst um. Sie ist nicht mehr da. Es fühlt sich wie ein schmerzlicher Verlust an. Ich spüre sie immer noch, ihre Haut, rieche ihren Duft.

»Deine Freundin ist bestimmt wieder reingegangen. Lass uns ein Stück gehen«, sagt Daniel und nimmt meine Hand.

Ich bin nicht sicher, ob Alison wirklich wieder in die Sporthalle gegangen ist, aber der Gedanke verschwindet schnell in Daniels Gegenwart. Ich spüre seine vertraute

Wärme neben mir und wünsche mir die Zeit zurück, in der wir unbeschwert durch New York gelaufen sind.

»Wie geht es dir?« fragt er. »Du hast mir nicht mehr zurückgeschrieben, nachdem ich dir mein Paket geschickt habe.«

»Tut mir leid. Ich hatte viel um die Ohren. Aber du bist ja jetzt hier. Wie lange bleibst du? Schläfst du bei uns? Willst du mit mir noch auf dem Ball bleiben?«
Ich muss mich bremsen, die Worte sprudeln nur so aus mir raus.

»Nein, ich fliege heute Abend wieder nach Hause. Morgen muss ich mich für Stipendien bewerben. Meine Mutter hat das vorausgesetzt, sonst hätte ich nicht kommen dürfen«, sagt er.

»Hast du schon ein College gefunden?«, frage ich ihn.

»Ja, die Northern Michigan University hat mich angenommen! Meiner Ma gefällt es natürlich nicht, dass ich so weit wegziehe, aber es ist mein Traum. Ich habe ihr vorgeschlagen, mitzukommen, aber sie will nicht aus New York weg.«

»Sie tut mir leid. Ich hoffe, du besuchst sie, so oft es geht«, sage ich. Seine Mutter braucht ihn mehr als ich. Außer ihn hat sie niemanden mehr.

»Das werde ich. Was ist mit dir? Ich sehe kein Date, das auf dich wartet. Oder willst du mit mir gehen?«
Er kommt mir näher. Wieder spüre ich diese Andeutung und zwinge mich, ruhig zu bleiben.

Nicht... du machst alles kaputt!

»Nein, ich hatte ein Date. Er hat mich versetzt. Aber das macht mir nichts aus, er nervt total«, antworte ich und trete einen Schritt zurück.
Daniel schaut mich verwirrt an. Ich atme tief ein. Wenn ich es ihm nicht erzählen kann, wem dann sonst?

»Ich habe jemanden kennengelernt. Jedes Mal, wenn ich

sie sehe, habe ich Herzrasen und ich kann nicht klar denken. Ich vergesse einfach alles um mich herum, wenn ich in ihrer Nähe bin. Ich glaube ... ich habe mich verliebt.« Daniel mustert mein Gesicht. Ich verziehe keine Miene und halte den Atem an.

»Sie? Meinst du ein Mädchen?«, fragt er mich verdutzt. Er lächelt schwach und senkt den Blick.

»Ja, Jennifer. Ich glaube, du bist verliebt. Jetzt weiß ich wenigstens, warum ich keine Chance bei dir habe.« Er boxt mir kumpelhaft gegen den Arm. Ich kann wieder atmen. Daniel nimmt es einfach so hin, als wäre es nichts Besonderes.

»Ist es die Rothaarige, die bei dir war? Sie ist ziemlich süß«, fragt er.

»Ja, ist sie. Aber ich kann ihr das nicht antun. Es ist besser, wenn sie sich von mir fernhält. Meine Albträume quälen mich immer noch jede Nacht, ich würde am Liebsten einfach verschwinden.« Jedes Wort reißt meine Wunden weiter auf, aber ich kann nicht mehr zurück. Die Geschichte mit Sarah verschweige ich ihm. Ich weiß selbst nicht, wie ich die ganze Sache einordnen soll.

»Sag das nicht. Gib ihr eine Chance, vielleicht ist sie die Lösung? Du sagst, du vergisst alles, wenn ihr zusammen seid. Das ist doch ein gutes Zeichen! Komm, wir suchen sie.« Er versucht, mir Hoffnung zu machen. Daniel packt mich am Ellenbogen und zieht mich zurück zum Ball. Wir drängeln uns durch das Getümmel, aber ohne Erfolg. Cora, Mike, Ben und Nancy stehen an der Bar und haben ihren Spaß. Ohne mich. Schweren Herzens folge ich ihm wieder nach draußen.

»Tut mir leid, sie ist sicher nach Hause gefahren und ich bin schuld. Ruf sie besser an und erklär ihr das, sie versteht es vielleicht. Ich muss jetzt auch leider wieder los, mein Flug geht in einer halben Stunde«, sagt Daniel traurig.

Er ruft ein Taxi und wir setzen uns auf die Stufen vor der Sporthalle.

»Ich habe sie sitzen lassen, ich bin nicht besser als mein Date. Sie hasst mich jetzt ganz bestimmt«, sage ich und lege meinen Kopf auf die Knie.

Er streicht mir über die Haare.

»Nein, verletzt, ja, aber hassen wird sie dich nicht. Lass ihr Zeit und melde dich morgen bei ihr. Wie heißt sie überhaupt?«

»Alison. Sie ist der ehrlichste Mensch, der mir je begegnet ist.«

»Ein schöner Name. Er passt zu ihr. Erzähl mir von Alison«, sagt er.

Ich denke kurz darüber nach. Sie hat so unglaublich weiches Haar, das in der Sonne rot-golden schimmert. Ihre Augen, blau mit hellgrünen Flecken sehen mich an, als würden sie mir in die Seele blicken und ihre Haut ... .

Stattdessen sage ich:

»Sie wohnt auf einem Reiterhof und will mir das Reiten beibringen. Wir gehen zusammen in die meisten Kurse und Mathe verstehe ich jetzt besser dank ihr.«

Ich lache, weil Daniel mich ungläubig anguckt.

»Was? Du stehst doch auf Kriegsfuß mit Zahlen! Bitte werde nicht zum Nerd, sonst komm ich mir richtig dumm neben dir vor.«

»Keine Sorge. Eher fress ich meine Killerschuhe.«

Wir lachen über meinen schlechten Witz. Ein Auto kommt angerauscht und unterbricht diesen schönen Moment.

»Oh, da kommt mein Taxi«, sagt Daniel und wir stehen auf.

»Versprichst du mir was?«, fragt Daniel und hält mich an

beiden Schultern fest.

Er sieht mir intensiv in die Augen.

»Alles, was du willst.«, sage ich schnell.

»Tu nichts Unüberlegtes. Dein Vater macht sich Sorgen, dass du wieder abrutscht. Wenn es dir schlecht geht, ruf mich bitte an! Und wenn es sein muss, kratze ich alles zusammen, was ich habe und komme dich holen.«

Mir sackt das Herz in die Hose. Was soll ich ihm sagen? Dass er mich sofort packen und mitnehmen soll? Das geht nicht. Nichts kann meinen Schmerz noch lindern.

Es ist zu spät.

Ich halte meine Tränen zurück, das darf nicht das letzte Bild sein, das er von mir in Erinnerung hat.

»Ja, ich verspreche es. Viel Glück für dein Stipendium«, antworte ich und schlucke.

In meiner Kehle baut sich ein Druck auf.

Bloß weg hier. Nein, nimm mich bitte mit!

Daniel drückt mich ein letztes Mal fest an sich und steigt in das Taxi. Wieder frisst mich das Gefühl, allein gelassen zu werden, auf.

Ich sehe auf die Uhr. Es ist viel zu früh, um Dad anzurufen. Aber auf den Ball gehe ich auf keinen Fall wieder zurück. Meine Beine setzen sich wie von allein in Bewegung. Ich ziehe mir die Schuhe aus und werfe sie in einen Mülleimer. Mir ist alles egal.

Keiner braucht mich. ICH brauche niemanden! Muss verschwinden. Daniel ... du hast bald neue Freunde, wirst mich vergessen. Dad hasst mich. Muss sterben. Halte das nicht aus! Fuck!

Meinen Tränen lasse ich freien Lauf. Ich achte nicht darauf, wohin mich meine nackten Füße tragen. Leichter Nieselregen setzt ein. Die kühlen Wassertropfen legen sich wie feiner Nebel auf meine Haut.

Wozu nach Hause gehen? Haus. Heimat. New York.
Mom. Hab alles ausgelöscht. Verdiene das alles nicht. Fickt
euch! Nein. Ich muss gehen. Verschwinden. Dunkel und
nass. Geruch nach feuchter Erde. Grab. Begrabt mich.
Alles von mir! Halte den Druck nicht aus.

Der Nieselregen entwickelt sich zu einem heftigen Schauer
und nach wenigen Minuten bin ich völlig durchnässt. Es ist
mir egal. Autos fahren an mir vorbei, es scheint auch sonst
niemanden zu interessieren, was mit mir passiert. Betäubt
stapfe ich weiter, denke an Mom. Was würde sie zu meinem
Coming-out sagen? Bestimmt würde sie sich freuen, sie
würde mich nur glücklich sehen wollen.

Unwichtig. Sie ist tot, du Idiot! Und DU bist schuld!

Ich schlage mir mit der flachen Hand gegen den Kopf.
Schlinge die Arme um meinen Körper, kann kaum atmen.

Ein Auto fährt an mir vorbei und hält wenige Meter vor mir
mit quietschenden Bremsen an. Die Fahrertür knallt zu und
Sarah kommt mir mit einer Jacke über den Kopf
entgegengelaufen.

»Jennifer? Wie siehst du denn aus? Komm ins Auto, du
wirst ja noch krank!«

Meine Beine zittern, als ich stehen bleibe.

»Nein, was willst du? Verpiss dich zu deinem Tristan!«,
schreie ich und drehe mich um.

Lass mich! Gott, dieses dumme Kleid!

Mein Fuß verheddert sich in meinem schrecklichen Kleid
und ich falle in eine Pfütze. Noch schlimmer kann es gar
nicht mehr werden. Sarah hilft mir auf, bugsiert mich auf
den Beifahrersitz und steigt hinters Steuer. Ich reiße mir
die Handschuhe von den Händen und reibe meine
Handgelenke.

»Kannst du mich nach Hause fahren?«, frage ich nur.

Dort kann ich ES tun. Endlich Ruhe finden. Meine Schuld
begleichen.

Ich kann ihren Blick nicht deuten, aber sie nickt bloß.

»Schulball also. Lief nicht so, was?«, fragt sie nach einer Weile. Ich ignoriere sie.

Ich stutze, als sie an einer Kreuzung nicht geradeaus, sondern links abbiegt.

»Wo willst du hin? Zu mir geht´s geradeaus. Das weißt du doch noch, oder nicht?«, frage ich gereizt.

Der Regen hat endlich aufgehört. Der Weg wird holprig und sie fährt auf ein Waldstück zu. Mein Herz pocht wie wild.

Verdammt, was hast du vor?

Sie hält in einer kleinen Parkbucht und verriegelt die Türen. Ihr Kopf dreht sich zu mir und sie greift an mir vorbei, um an das Handschuhfach zu gelangen. Sarah kramt einen Moment lang in dem Sammelsurium und holt ein braunes Etui hervor, dann öffnet sie den Reißverschluss und zum Vorschein kommt eine Tüte mit Tabletten. Sarah nimmt eine 'raus, platziert sie auf ihre Handfläche und hält sie mir hin.

»Wenn du noch ein bisschen Spaß haben willst, nimm die. Ich hab trockene Sachen im Kofferraum, die kannst du haben«, sagt sie und mustert mein nasses Kleid, dass eng auf meiner Haut klebt.

Ich habe das Gefühl, sie sieht mehr, als nur den Stoff. Mit einem Schlag fühle ich mich nackt unter ihrem Blick und verschränke die Arme vor der Brust.

»Sarah, lass mich bitte gehen. Ich muss nach Hause. Mein Dad wartet schon auf mich«, lüge ich.

Dad erwartet mich erst in zwei Stunden, aber das weiß Sarah ja nicht. Sie geht nicht darauf ein. Stattdessen schluckt sie die Pille und rückt noch ein Stück näher an mich ran. Ich halte die Luft an, sie riecht streng nach Schweiß und Alkohol.

»Hab dich lange nicht mehr gesehen. Muss jede Nacht an dich denken«, sagt sie und streicht mir mit ihren Fingern über die Wange.

Ich schlage ihre Hand beiseite und rücke ein Stück weg.

»Fass mich nicht an! Ich will nur nach Hause. Entweder fährst du mich jetzt oder ich laufe!«

Ich rüttele am Türgriff.

Ach ja, abgeschlossen.

»Nein, warum denn? Lass uns doch noch ein bisschen hier sitzen. Ich werde bald die Stadt verlassen und dann sehen wir uns vielleicht nie wieder«, sagt sie.

Sie sieht mir in die Augen und eine Träne läuft ihre Wange hinunter. Ich gucke nach draußen in das Nichts. Es ist so düster, dass nicht einmal Schemen zu erkennen sind.

»Ist mir egal. Lass mich einfach gehen.«

»Ach komm schon. Wir hatten doch so Spaß miteinander. Hast du das schon vergessen?«, fragt sie und packt mich am Arm.

Sie will mich zu sich ziehen, aber ich reiße mich los und drücke sie in den Sitz, um an die Zentralverriegelung zu kommen. Ich ziehe den Knopf raus und der Wagen öffnet sich mit einem lauten KLACK.

»Scheiße, was soll das?«

»Ich hau ab!«, sage ich und falle fast aus dem Auto, als ich die Tür aufmache und rausspringe.

Ich renne den Weg zurück zur Hauptstraße entlang und werde erst langsamer, als ich fast an meinem Haus bin.

Ich sehe die Hand vor meinen Augen kaum, als ich das Haus betrete. Halb blind taste ich mich zur Küche. Durch die Tränen sehe ich nur verschwommene Umrisse, einzig eine Lampe von draußen beleuchtet schwach den Raum.

Was soll's. Hier endet es eben.

Mechanisch greife ich zu einem Messer aus dem Messerblock.

Es wird weh tun. Aber das ist nichts gegen den Schmerz,

der mich innerlich auffrisst. Blut. Muss es raus spülen.
Ich streiche mit der kalten Klinge über die Haut. Sie hinterlässt einen feinen Strich über der Ader. Einatmen. Halte die Luft an. Schließe meine Augen. Drücke das Messer in das Fleisch. Der ganze Schmerz fließt in meine Hand und spült den Druck mit dem Blut aus mir heraus. Der Kopf ist leer. Nur für den Moment. Eine Sekunde frei von allem.

ALISON!
Ich halte inne. Sehe ihr Gesicht.

Hoffnung?
Beinahe fällt mir das Messer aus der Hand. Ich kann es nicht tun. Sie braucht mich.
Oder? Oder bin ich nur eine Last? Ein weiteres Übel, welches man besser beseitigen sollte?
Energisch schüttele ich den Kopf. Ich starre in die Laterne, muss den Kopf leer bekommen. Aber die Gedanken kreisen nur um das Blut, dass ich sehen will. MUSS.

Nein! Das darfst du nicht! Fuck!
Ich flüchte aus der Küche und schließe mich in mein Zimmer ein.

Muss es aus dem Kopf kriegen. Muss es aufschreiben.
Mit Tränen in den Augen lasse ich den Stift über das Papier wandern. Mein Blut vermischt sich mit den Tränen und bildet ein verwirrendes Muster.

Sobald die Nacht hereinbricht und die Welt sich schlafen legt, beginnen die inneren Wunden zu bluten.
Die Zeit heilt nicht, sie macht es nur noch unerträglicher.
Tief schneidet das Messer in das Fleisch.
Brennender Schmerz.
Eine Sekunde des Vergessens.

*Ein Moment, die einzige Möglichkeit, den Druck
loszuwerden.
Ja! Ich lebe noch! Auch wenn ich sonst nichts
mehr spüre, außer dem Brennen in meinem
Herzen, das niemals diese Leere füllen kann.
Bin nichts wert.
Kontrollverlust.
Will nur schlafen.
Nichts mehr spüren.
Mich in die stille Dunkelheit fallen lassen und nie
wieder aufwachen.*

Erschöpft lasse ich den Stift sinken und schließe die Augen. Nachts um drei Uhr werde ich wach. Mein Handy vibriert unter meinem Kopfkissen. Ich taste benommen danach und das grelle Licht des Bildschirms blendet mich.
Sarah ruft an
Ich stöhne und werfe das Ding an mein Fußende. Ich drücke mein Gesicht ins Kissen und mir fallen augenblicklich die Augen wieder zu, da vibriert es an meinen Füßen. Genervt schalte ich mein Handy aus, ohne drauf zu gucken. Na toll, jetzt bin ich hellwach. Wütend schaue ich das Telefon in meiner Hand an und würde es am liebsten gegen die Wand feuern. Stattdessen lege ich es wieder unter mein Kissen und stehe auf. Wenigstens bleiben mir so die Albträume erspart. Noch im Nachthemd lausche ich dem Gluckern der Kaffeemaschine in der Küche und sauge den Duft des frischen Kaffees ein. Es ist erst sechs Uhr, viel zu früh, um am Sonntag aufzustehen.
Mit der Tasse gehe ich wieder in mein Zimmer und suche im Kleiderschrank nach Klamotten fürs Kino heute Nachmittag. Ist doch eigentlich egal, was ich anziehe. Es ist dunkel und es gucken alle auf die Leinwand. Aber Cora wäre enttäuscht, wenn ich im Schlabberlook dort

auftauchen würde und deswegen ihr Date mit Mike ruinieren könnte. Vermutlich beachtet sie mich eh nicht, so wie gestern. Außerdem will sie mich mit Ben verkuppeln. Mir wird jetzt schon übel, wenn ich an ihn denke. Soll er doch mit Nancy Händchen halten. Ich greife nach einer weißen Bluse, da prasseln die Erinnerungen an meinen ersten Abend mit Sarah auf mich ein. Das Stück landet im hintersten Teil der Sockenschublade, damit ich sie nie wieder finde. Ich setze mich auf das Bett und schlürfe an meinem Kaffee. Was hat Sarah sich nur dabei gedacht, mir Pillen anzudrehen? Ich verdränge ihr Gesicht aus meinem Kopf. Ihre Augen, die mich anfangs so fasziniert angesehen haben, jedoch gestern nur leere Höhlen waren. Die halbleere Tasse stelle ich auf den Schreibtisch und nach einer belebenden Dusche ziehe ich mir das neue Kleid an. Mein Make-up wird verspielt, ein weißer Lidstrich unten und blauer Lidschatten, dazu der schwarze Mascara.

Wozu mache ich das eigentlich?

»Wow, hast du wieder ein Date? Wie war es gestern und wie bist du überhaupt nach Hause gekommen?«, fragt Dad erstaunt, als ich fertig gestylt ins Wohnzimmer stapfe.

Er hat schon gefrühstückt und liest Zeitung, während klassische Musik läuft. Ich bin viel zu früh fertig, weil ich so durch den Wind bin.

»Nicht direkt. Coraline hat mich und zwei Jungs aus der Klasse ins Kino eingeladen«, antworte ich.

Die Sache mit Alison verschweige ich lieber. Ich hoffe, sie will mich noch sehen, nachdem ich sie gestern wegen Daniel hab stehen lassen.

Dad guckt mich komisch über seiner Brille an, also füge ich hinzu:

»Es war okay. Schulball halt.«

Ich zucke mit den Schultern und rolle die Augen.

»Ben hat mir ein Taxi bezahlt. Nein, kein Date. Also nicht

ganz. Sie hofft, bei Mike landen zu können, du weißt schon, diesen Schwarzhaarigen mit dem Ohrring.«

Meine Mundwinkel zucken, weil mir das so unfassbar peinlich ist.

»Und der andere?«, hakt er nach, als ich nichts mehr sage.

»Mit dem will sie mich verkuppeln. Sie denkt, ich merke das nicht, aber ich kenne sie. Vergiss es! Er ist total ... lahm!«

Dad lacht sich kaputt. Ich fasse es nicht!

»Du meinst, er ist nicht *Daniel*?«

Ich gebe auf. Augenrollend mache ich eine wegwerfende Bewegung und stapfe in mein Zimmer. Er hat nie kapiert, dass Daniel nur ein guter Freund für mich ist. Mein Herz zieht sich schmerzhaft bei den Gedanken an ihn zusammen. Wäre er nur noch hier bei mir. Ich unterdrücke die Tränen und schlucke den stechenden Schmerz in meinem Hals hinunter. Ich nehme die Handtasche, die ich selten benutze und will losgehen, da fällt mir mein Handy wieder ein. Ich schnappe es mir, doch ehe ich aus dem Haus stürmen kann, hält Dad mich am Arm fest.

»Es ist doch alles in Ordnung? Du bist kaum noch Zuhause. Ich sehe dir an, dass du wieder kaum schläfst, und glaube ja nicht, dass ich den Zigarettenqualm nicht rieche.« Er zittert, sein Griff wird fester.

Lass es. Sage nichts.

»Ja, alles okay. Es ist halt viel zu tun, wegen des Abschlusses ... du weißt schon ... und ich habe Heimweh.«

Eine harmlose Erklärung. Nichts, worüber er sich Sorgen machen muss.

Bitte glaub mir einfach und lass mich in Ruhe.

Er beäugt mich kritisch, lockert aber seinen Griff endlich. Seine Arme schließen sich um meine Schultern. Ich höre sein Herz schnell pochen.

»Ich weiß. Pass auf dich auf, ich darf dich auch nicht noch verlieren.«

Dad lässt mich zitternd los, zwingt sich jedoch ein Lächeln auf die Lippen. Seine Augen schimmern feucht.

»Okay. Bis später, Dad.«

Ich küsse ihn auf die Wange. Hoffentlich beruhigt ihn das.

II. Kapitel

Drei Haltestellen weiter wartet Alison auf mich. Als ich aussteige, fällt mein Blick auf mein Handy, das ich gerade eingeschaltet habe. 12 verpasste Anrufe von Sarah und 7 SMS. Ich zwinge mich dazu, das Telefon einzupacken, und falle Alison in die Arme. Sie ist so warm und weich.

»Hey, nicht so stürmisch!«, keucht Alison atemlos durch meine Haare.

Schnell lasse ich von ihr ab. Ich rede mir ein, dass es nur die Freude ist, sie wiederzusehen, aber ich gestehe mir ein, dass ich mich auch von Sarahs Anrufen ablenken muss.

»Ich hab dich vermisst. Tut mir schrecklich leid, dass ich dich vergessen habe«, sage ich.

Alison lächelt mich an. Das verwirrt mich.

»War das Daniel? Du warst völlig fertig, als er aufgetaucht ist«, sagt sie und muss sich ein Grinsen verkneifen.

»Oh. Ja. Du glaubst nicht, wie gut es tat, ihn wiederzusehen. Wir hatten leider nicht so viel Zeit. Er musste am selben Abend noch zurück nach Hause.«

Ich senke den Kopf. Alison nimmt mich an die Hand und wir gehen nach links, weg von der Reitschule.

»Schon okay. Ich hatte eh keine Lust auf den Ball«, sagt sie.

»Wo gehen wir hin?«, frage ich Alison.

Ich möchte mehr als ihre Hand halten, ihre Haut unter meinen Fingerspitzen spüren.

Reiß dich zusammen, Jennifer!

»Warte ab. Den Ort erkennst du bestimmt nicht wieder.«

Sie lächelt und mein Mut, sie gleich zu verletzen, sinkt.

Mich plagen Gewissensbisse, weil ich ihr mit jeder Minute, in der wir zusammen sind, Hoffnungen mache. Ich muss ihr sagen, dass ich keine gute Freundin sein kann. Es wird ihr das Herz brechen, aber es ist besser so. Überall bringe ich nur Chaos und Unglück.

Wir folgen dem Waldweg, bis wir an einen verkrüppelten Baumstamm kommen, der mir vage bekannt vorkommt. Endlich nimmt sie mich bei der Hand und wir treten durch ein Gebüsch und stehen auf einer Lichtung.

»Wahnsinn!«, sage ich erstaunt.

Der Ausblick verschlägt mir den Atem, mein Kopf ist wie leergefegt und ich verliere mich in der Schönheit der Szene vor mir. Es ist nicht nur eine Lichtung. Dieser kleine Fleck ist das Paradies, von dem alle so schwärmen. Die Sonnenstrahlen fallen durch die Baumkronen und Pollen tanzen durch sie hindurch. In der Mitte der vielen Wildblumen liegt eine rote Decke und auf ihr steht ein Korb mit Muffins und überall sind Blüten verteilt, die im Takt des Windes tanzen. Zwei Zitronenfalter flattern in harmonischen Bewegungen davon.

Mit offenem Mund stehe ich da. Alison zieht mich mit und wir setzen uns auf unser privates Fleckchen Erde.

»Warte kurz, ich hab noch was vergessen«, sagt Alison und geht zum Rand der Lichtung.

Aus Reflex schaue ich auf mein Handy, eigentlich will ich nur die Uhrzeit checken, aber ich öffne wie ferngesteuert die Nachrichten von Sarah.

»*Sorry Süße wegen gestern. Lass und drüber reden.*«
»*Lass uns heute treffen, bitte!*«
»*Ich muss mit dir reden!*«
»*Warum gehst du nicht ran? Ich brauche deine Hilfe!*«
»*Es tut mir leid, okay?*«
»*Warum gehst du nicht ran? Heb doch endlich ab!*«
»*Hilf mir!*«

»Da bin ich schon wieder, hier, das habe ich für dich gemacht ... Was ist denn los?«

Alison steht vor mir, ein kleines verpacktes Geschenk in der Hand. Schnell lasse ich mein Handy in die Tasche fallen. Mein Herz springt mir fast aus der Brust.

»Nichts, ich wollte nur auf die Uhr gucken. Ist das für mich? Das wäre echt nicht nötig gewesen«, sage ich schnell und zwinge mich, ruhig zu atmen.

Ich konzentriere mich auf Alison, die sich neben mich setzt, und packe das Geschenk aus. Bei ihr fällt es mir fast leicht, alles Andere zu vergessen.

»Dankeschön! Hast du das selbstgemacht?«, frage ich, als ich das Lederarmband mit dem Pferdeanhänger auspacke.

Alison hilft mir, es anzulegen. Es ist mit vielen dünnen dunkelbraunen Lederbändern geflochten. So schlicht es auch ist, es ist das schönste Geschenk, das ich bisher bekommen habe.

»Ja, gestern Abend. Ich hoffe, es gefällt dir?«

Es klingt wie eine Frage und ihre Mundwinkel zittern leicht vor Unsicherheit.

Statt zu antworten, streiche ich ihr eine Strähne aus dem Gesicht und ziehe sie näher an mich ran. Ich kann es nicht verhindern. Mein Vorhaben zerfällt zu Staub, als ich mich in ihren blauen Augen verliere, ihre Nähe spüre.

Meine Finger nehmen eine ihrer roten Locken und ich kitzle sie an der Nase damit.

»Lass das!«

Sie kichert und drückt mir ihre Lippen auf den Mund. Mein Verstand ist so eben ausgelöscht worden und ich gebe mich ganz dem Gefühl hin, hier hinzugehören. Zu ihr. Ohne zu zögern, lege ich meine Hand an ihre Wange und erwidere den Kuss.

Bevor ich zur Bushaltestelle renne, schnappe ich mir

einen Muffin und hauche einen flüchtigen Kuss auf Alisons Wange. Ich habe total die Zeit vergessen, Cora wird mega sauer sein. Als ich endlich im Bus sitze, den ich gerade so erwische, schreibe ich eine SMS, dass ich zehn Minuten später komme. Dabei fallen mir die Nachrichten von Sarah ins Auge. Ich kann nicht anders, als auf die Sätze zu starren, und der Schmerz meldet sich wieder, als wäre er nie fort gewesen. Alison kann es erträglicher machen. Bei ihr vergesse ich für kurze Zeit alles um mich herum. Aber ich kann dem nicht ewig entkommen. Ich atme tief ein und schalte das Handy wieder aus. Trotzdem drängt sich Sarah immer wieder in meine Gedanken.

»Mensch, wo warst du? Gott sei Dank kommt immer eine Ewigkeit Werbung vor dem Film!«

Cora bemüht sich nicht einmal, leise zu sein. Ich quetsche mich zwischen sie und Ben, Mike sitzt auf ihrer rechten Seite.

»Du siehst echt heiß aus! Ben freut sich schon«, flüstert Cora mir zu und zwinkert mir zu.

Ich zwinge mich, zu lächeln.

»Danke. Das Kleid ist neu. Ich dachte schon, ich bekomme nie eine Gelegenheit, das anzuziehen«, flüstere ich zurück und setze mich gerade hin.

»Hi, was macht die Stallarbeit so?«, flüstert Ben mir in mein anderes Ohr.

Im Ernst? Ben fragt nach dem Stall? Ich öffne den Mund, um etwas zu sagen, da stupst Cora mir in die Seite und ich höre die Filmmusik lauter werden. Glück gehabt. Meine Tasche liegt auf meinem Schoß, das Handy schreit nach mir. Ich sehe die Bilder auf der Leinwand, ein Pärchen, das zusammen ist, aber irgendwie auch nicht, und höre die Zuschauer oftmals lachen. *Super.* Ein eisiger Schauer fährt mir über die Wirbelsäule. Ich presse die Lippen aufeinander und schlucke den Kloß im Hals hinunter. Eine unsichtbare Kraft versucht, mich in den Sitz zu drücken, ich bekomme kaum Luft zum Atmen. Ben kommt immer näher, seine Schulter berührt schon meine und ich kann mich nicht noch weiter weg beugen, ansonsten sitze noch auf Coras Schoß, und dann hätten alle auf jeden Fall etwas zu lachen, abgesehen von Coraline. Das war eine Scheißidee. Mein Fuß wippt auf und ab, während ich darauf warte, dass dieser schreckliche Film vorbei ist.

»Meine Güte, Jennifer! Was war denn los?«, fragt Cora mich nach dem Film.

Endlich frische Luft. Gierig sauge ich den Sauerstoff ein.

»Was soll denn gewesen sein? Der Film war ganz okay, es war nur zu warm da drin.«

Ich wedle mir Luft mit den Händen zu. Cora hebt eine Augenbraue. Natürlich kauft sie es mir nicht ab.

»Ist auch egal. Komm, wir gehen noch ins Jimmy´s«, sagt Ben und legt mir ohne Vorwarnung den Arm um die Schulter.

Bloß nicht.

In den Laden bringen mich keine zehn Pferde mehr rein. Jetzt reicht´s mir. Ich schiebe ihn unsanft von mir weg, was ihm ein entrüstetes »Ey!« Entlockt, und rolle genervt mit den Augen.

»Lass das doch mal! Ich bin nicht deine Freundin! - Tut mir leid, ihr müsst ohne mich gehen. Ich habe noch so viele Hausaufgaben auf, die ich bis morgen machen muss.«

Ich schaue Cora entschuldigend an und will mich zum Gehen wenden, da hält Mike mich am Arm fest. Bevor ich protestieren kann, sagt Cora:

»Liegt das an Alison? Denkst du, ich habe den Mistgestank nicht gerochen? Bist du wegen der zu spät gekommen? Ach vergiss es! Mike, lass sie los. Geh zu deiner Pferdeschlampe. Ihr passt ja super zusammen!«

Was ist denn los mit ihr? Die drei drehen sich um und

gehen, ohne mir die Möglichkeit zu geben, etwas zu sagen. Erst zehn Minuten später setze ich mich in Bewegung und fahre wie betäubt nach Hause.

Was für ein Desaster. Endlich zuhause angekommen, schmeiße ich die Tasche auf mein Bett und reiße mir das Kleid vom Leib. Ich stehe in Unterwäsche vor dem hohen Spiegel.

Was stimmt mit mir nicht? Ich bin so ein Nichtsnutz.

Lasst mich doch einfach sterben.

Ich schlinge die Arme um meinen Oberkörper und sinke auf die Knie. Mein Make-up vermischt sich mit den Tränen und tropft als schwarz-braune Masse auf den Teppich. Die Spiegelscheibe kühlt meine heiße Stirn und ich schaffe es, aufzustehen und mich ins Bad zu schleifen. Aber das heiße Wasser kann diesmal meine dunklen Gedanken nicht fortspülen.

Ich hasse alles hier, an mir, ich fühle mich so falsch an.

Als das Wasser kalt wird, trockne ich mich ab und gehe in den Bademantel gehüllt in mein Zimmer. Erschöpft lege ich mich auf das Bett. Ich spüre etwas Hartes unter meinem Kopfkissen und nehme mein Fotoalbum hervor. Ich lege meinen Kopf auf das Buch, nicht in der Lage, es zu öffnen. Der Inhalt ist zu meinem Ich geworden, das Mädchen, das Eltern hatte, die es lieben. Aber ich kann es nicht weiter verdrängen. Das schwarze Loch klafft nun wie ein hungriges Maul unter mir. Als ich mich auf den Bauch drehe, fällt das Buch auf den Boden und ich presse mein Gesicht in das Kissen, um hemmungslos zu weinen. Der Kokon zerbröckelt unter dem Schmerz, der jetzt nach draußen will und mein Herz zerreißt in tausend kleine Stücke.

Quietschend dreht sich der Türknopf. Die Zigarette

landet in meinem Papierkorb und ich ziehe mir die Decke bis ans Kinn.

»Hallo Schatz. Gut, dass du noch wach bist«, sagt Mom und zieht schniefend die Nase hoch.

Sie ist seit Tagen erkältet und ich hoffe, dass sie den Gestank der Kippe nicht riecht.

»Ja, ich kann nicht einschlafen«, lüge ich.

»Es tut mir leid, dass ich dich heute Morgen so angefahren habe. Ich war einfach im Stress und viel zu spät dran.«

Ich schlage die Decke beiseite und stehe auf. Gott sei Dank habe ich mein Nachthemd schon angezogen.

»Ist schon gut, Mom. Du brauchst echt mal Urlaub.«

Ich stapfe auf sie zu und schließe sie in die Arme. Ihr warmer Körper duftet nach Lavendel und Eukalyptus, sie kommt wohl gerade aus der Badewanne. Mom drückt mir einen Kuss auf den Kopf.

»Geh jetzt schlafen, Schatz. Morgen ist wieder Schule.«

»Okay. Gute Nacht, Mom.«

»Schlaf schön, Liebes«, flüstert sie und schließt die Tür. Ich lege mich ins Bett und mir fallen sofort die Augen zu.

Cora sitzt im Bus vor mir und lacht mit den anderen Mädchen. Sie hat mich gesehen, trotzdem sitzt sie jetzt vier Reihen von mir entfernt.

Dann ignorier mich doch. Ist vielleicht besser für dich.

Als ich im Spind meine Sachen verstauen will, schubst mich jemand und ich knalle voll gegen das Metall. Ich höre nur lautes Gackern.

Egal. Es ist alles so scheißegal.

Im Unterricht versuche ich, herauszufinden, was ich getan habe. Dabei fällt mir jetzt erst auf, dass Alison gar nicht da ist. Sicher ist Cora sauer, weil ich mit Alison befreundet bin. Es kann ihr doch egal sein. Oder muss ich mich zwischen den beiden entscheiden? Unmöglich! Die wird sich schon beruhigen. Ich starre den Lehrer an, ohne seine Worte zu verstehen. Nancy, die jetzt neben Cora sitzt, schiebt ihr einen Zettel zu und dreht sich verstohlen zu mir um. Als Cora das liest, zieht sie ihre Schultern hoch und hält sich die Hand vor dem Mund, um sich das Lachen zu verkneifen. Nach dem Ende der Stunde bleibe ich sitzen, bis alle aus dem Raum gegangen sind. Erst dann stehe ich auf und schlurfe zu meinem Spind. Die Mittagspause verbringe ich auf dem Klo. Ich habe keine Lust, mich begaffen zu lassen. Es ist auch nur eine Frage der Zeit, bis Sean sich dazu äußert. Der plant bestimmt schon eine Gemeinheit, als Rache für meine Ohrfeige. Die Tür zu den Toiletten öffnet sich und ich höre zwei Mädchenstimmen, laut und gackernd. Cora und Nancy.

»Ich frage mich immer noch, was sie von Alison will. Ben hat sie auch einen Korb gegeben, dabei war der total lieb zu ihr.«

Ich sehe vor meinem geistigen Auge, wie Cora sich den Kopf kratzt und ihre Nase kraus zieht.

»Ist doch klar, Cora! Denk doch mal nach. Weißt du noch, als Ally sich an dich ranmachen wollte?«

»Meinst du auf dem Ausflug nach Dallas? Ja, das hatte ich schon fast vergessen. Ich hätte fast gekotzt, als die mich auf den Mund geküsst hat. Dabei wollte ich die ganze Zeit nur nett sein, weil sie sonst niemanden hatte. Ich wäre lieber in der Gruppe mit dir und Mike gewesen«, sagt Cora und seufzt.

»Die hat sich Jen gekrallt. Und die ist so blöd und spielt das Spiel mit. So viel Mitleid hat Ally gar nicht verdient«, sagt Nancy und klingt geschockt.

Cora lacht auf.

»Sicher hat die kein Mitleid, Jennifer ist doch selbst am Arsch. Die ist bestimmt jetzt eine Lesbe, weil sie keine

Mutter hat, die ihr das mit den Jungs zeigt.«

Cora spuckt die Worte förmlich aus und Tränen steigen mir in die Augen. Das Rauschen in meinen Ohren verhindert, dass ich noch mehr hören muss, und bald sind die beiden wieder verschwunden. Ich bleibe sitzen, bis es zur letzten Stunde klingelt und warte noch zwanzig Minuten, bevor ich aus dem verlassenen Schulgebäude gehe.

Die Glastür öffnet sich quietschend und ich muss die Hand vor meine Augen halten, weil mich die grelle Mittagssonne blendet. Vereinzelt sehe ich noch Schüler rumlungern, aber niemanden aus meiner Klasse. Ich atme einmal tief ein und gehe vom Schulhof. Ein paar Schritte weiter rechts muss ich nur um die Ecke biegen und bin schon an der Bushaltestelle. Ich will nur nach Hause.

Bloß niemanden sehen.

Kaum bin ich abgebogen, bleibt mein Fuß an etwas Hartem hängen und ich kann gerade meine Arme hochheben, um den Sturz abzufangen. Meine Handflächen brennen wie die Hölle, aber das nehme ich nur kurz wahr, denn Sean steht breitbeinig über mir, seine Arme vor der Brust verschränkt. Mein Herz schlägt mir bis zum Hals. Ich stütze mich vom Boden ab, um aufzustehen. Sean gibt mir einen harten Tritt vor die Schulter und ich lande wieder auf meinem Hintern.

»Na, nicht so eilig! Der Bus kommt doch erst in einer halben Stunde. So lange können wir beiden Hübschen noch abhängen, oder meinst du nicht?«, fragt er mich sarkastisch.

Ich glaube nicht, dass er eine Antwort verlangt. Er geht in die Hocke und nimmt mein Kinn in seine Hand. Sein Griff ist fest und ich spüre den feuchten Film auf seiner Haut. Jetzt rieche ich deutlich seine Alkoholfahne. Selbst wenn ich es wollte, ich bringe keinen einzigen Ton heraus. Mein Mund ist trocken, mein Körper wie gelähmt vor Angst.

»Komm, wir gehen ein Stück.«

Ohne eine Antwort abzuwarten, packt er mich am Oberarm und zieht mich mit einem Ruck hoch. Ich keuche und versuche mich aus seinem Griff zu befreien, aber er ist kräftiger, als er aussieht. Sean zerrt mich zu einem kleinen Waldstück, eigentlich ist es eine winzige Insel aus dicht bewachsenen Bäumen, schlecht einsehbar von außen. Er stößt mich von sich und ich knalle mit dem Kopf gegen einen Baum. Mein Schädel ist ein einziger Schmerz und ich verliere die Orientierung, als er mich ruckartig umdreht und mich mit der Hand in meinen Haaren zu Boden zwingt.

»Lass mich los!«, schreie ich.

Er verpasst mir eine Ohrfeige und endlich gehorcht mir mein Körper wieder. Ich versuche, Sean zu treten, er weicht meinen ziellosen Tritten jedoch gekonnt aus.

»Nicht doch, Süße. Warum bist du so zickig? Brauchst mal ´nen richtigen Kerl, was?«

Er kniet sich auf meine Beine und hält meinen Mund zu. Mit dem anderen Arm packt er meine rechte Hand und zieht sie über meinen Kopf. Sein ganzes Gewicht drückt mich zu Boden und raubt mir den Atem. Mit meiner freien Hand versuche ich, ihn im Gesicht zu kratzen und zu schlagen, aber er bleibt unbeeindruckt in seiner Stellung.

»Ich wusste, dass Ally kein guter Umgang für dich ist. Wenn du an deinem ersten Tag nicht so ein Scheiß-Bild von dir abgegeben hättest, dann hätte ich dich noch gewarnt.«

Er guckt mich mit ernster Miene an.

»Ich finde dich eigentlich ganz heiß. Leider hat sich meine dumme Cousine vorgedrängelt. Aber es gibt etwas, was sie dir nicht bieten kann.«

Den letzten Satz flüstert er so leise, dass ich es durch den Straßenlärm fast nicht verstanden hätte. Ich stecke in meiner persönlichen grünen Hölle fest, während nur wenige Meter weiter das ganz normale Leben weitergeht.

Die Zeit steht still und ich bin stumm wie ein Fisch auf dem Trockenen, als er die Hand von meinem Mund nimmt, meine andere Hand festhält und sich mit seinem Gesicht meinem nähert.

»Woher weißt du ...« Sean drückt seinen Mund fest auf meinen, bevor ich den Satz beenden kann.

»Schsch. Hier weiß jeder alles. Du hast dir ausgerechnet unsere Tratschtante aus der Schule als Freundin ausgesucht. Cora kann einfach nichts für sich behalten. Sie ist extrem sauer, weil du ihr Date mit Mike versaut hast. Und sie meint, dass du Ben nur einen Korb gegeben hast, weil du was mit Alison angefangen hast. Wusstest du schon immer, dass du eine dreckige Lesbe bist?«

Er lacht und hebt ein Bein. Dabei drückt sein Oberkörper auf meine Brust und ich bekomme keine Luft mehr. Sein Knie drückt meine Beine auseinander und er liegt jetzt komplett auf mir. Ich spüre seine Erektion durch die Jeans an meinem Oberschenkel. Mir kommt brennende Galle hoch.

»Was willst du? Lass mich einfach, okay?«

Nicht sehr geistreich, aber meine Gedanken sind wie Watte und ich kann kaum atmen, deshalb fällt mir das Sprechen schwer.

»Dich bekehren. Ich wette, wenn du erstmal in den Genuss eines Schwanzes gekommen bist, wirst du deine Muschileckerphase schnell wieder sein lassen.«

Meine Wangen werden heiß und eine Träne stiehlt sich aus meinem Auge. Ich schlucke es runter und versuche vergeblich, mich mit aller Kraft nach oben zu drücken.

»Oh ja, du scheinst ja ´ne ganz Wilde zu sein. Vielleicht haben meine liebe Cousine und ich doch den gleichen Geschmack.«

Sean drückt mir wieder einen ekelhaften Kuss auf die Lippen. Ich beiße die Zähne zusammen und drehe meinen

Kopf weg. Das scheint er als Einladung zu verstehen, denn er lässt meine Hände los und reißt an meinem Shirt. Ich schlage auf seine Arme, damit er aufhört, aber er packt beide Handgelenke mit einer Hand und macht sich mit der anderen an meiner Hose zu schaffen. Seine Beule ist nun deutlich zu sehen.

Bitte nicht das!

Plötzlich steigt Wut in mir auf.

»Nein! Hör auf!« Ich will meine Knie hochziehen, aber seine Arme liegen auf meinen Oberschenkeln. Ich schaffe es, meinen Kopf zu heben, und beiße mit aller Kraft in seine Hand.

»Au! Du dumme Fotze!«, schreit er und lässt mich endlich los, aber nur um mir in den Magen zu boxen.

Ich schnappe nach Luft und krümme mich, Sterne tanzen vor meinen Augen. Er zerrt an meiner Jeans und versucht, die hautenge Hose von meinen Beinen zu bekommen. Den Schmerz ignorierend stemme ich meine Arme auf den Boden und drücke mich hoch, dabei schießt mein rechtes Knie nach oben und trifft Sean genau in seine Weichteile. Er schreit auf und kippt wie in Zeitlupe auf die Seite. Schnell lege ich mich auf den Rücken, um die Hose wieder hochzuziehen, und stemme mich hoch. Ich wanke, weil ich zu schnell aufgestanden bin, und muss mich kurz an einem Baum festhalten. Dabei starre ich hasserfüllt in Seans schmerzverzerrtes Gesicht. Ich packe die ganze Wut und den Hass auf alles in meine Stimme.

»Fick! Dich!«

Nur die zwei Worte. Ich muss schnell weg hier, sonst heule ich vor seinen Augen und noch mehr Demütigungen ertrage ich einfach nicht.

Stolpernd zieht es mich weg von dem Waldstück. Ich ziehe ständig an meinem Shirt, das zerfetzt an meinem Körper hängt. Aus Angst, Sean könnte plötzlich hinter mir stehen, drehe ich mich immer wieder um, aber ihm scheint die Lust vergangen zu sein. Die wenigen Passanten, denen ich begegne, scheinen meine Verfassung nicht zu bemerken und wenn doch, dann ernte ich nur mitleidige Blicke. Mir ist heiß und kalt, mein Blick verschwommen. Ein Bus rauscht an mir vorbei und ich höre jemanden meinen Namen rufen.

»Jennifer! Hey, bleib doch mal stehen!«

Ich ignoriere die Stimme und gehe weiter. Gesellschaft ist das Letzte, was ich jetzt will. Eine Hand legt sich auf meine Schulter und zieht mich zurück, ich schlage sie weg und stehe Alison gegenüber.

»Was ist denn los? Wieso ist dein Shirt kaputt?«

Sie betrachtet mich von oben bis unten. Ich muss fürchterlich aussehen, überall mit Erde beschmutzt und vermutlich blute ich an der Stirn.

»Was geht dich das an? Wo warst du eigentlich heute?«

Ich kann meine Wut nicht zurückhalten. Alison kann nichts dafür, aber ich gebe ihr trotzdem in diesem Augenblick die Schuld für alles. Ich ertrage es nicht mehr, diese ständigen Fragen und den Schmerz, der einfach nicht aufhört. Die Aktion von Sean hat das Fass endgültig zum Überlaufen gebracht.

»Mein Dad hat mich nicht gelassen und in der Schule angerufen, um mich krank zu melden. Er ist stinksauer auf dich, weil du mich angeblich von der Arbeit abhältst, und ich musste heute alles doppelt machen. Das soll mich wohl wieder auf die richtige Spur bringen. Ich wollte dich jetzt besuchen kommen. Was ist denn mit dir passiert?«, fragt sie mich erschrocken.

Ich ignoriere die Frage. Wieder bekomme ich die Schuld in die Schuhe geschoben.

Natürlich. Ich bin schuld.

»Tut mir leid. Aber die Schule war anstrengend und ich will nur nach Hause.«

Ich muss hier weg. Sofort. Ich habe keine netten Worte mehr übrig, nicht einmal für Alison und ich will nichts sagen, das ich später bereue.

»Ja klar, soll ich dich nach Hause begleiten? Dann kannst du mir gleich die Hausaufgaben geben.« Sie greift nach meiner Hand, aber ich schlage sie beiseite und kann meine Worte nicht mehr zurückhalten.

»Kapierst du es nicht? Ich will alleine sein! Hau einfach ab, okay?!«

Mit einem erstickten Schluchzer drehe ich mich auf dem Absatz um und gehe. Ich spüre ihre Blicke in meinem Rücken und würde am Liebsten umkehren und mich entschuldigen. Aber es geht nicht. Meine Beine gehorchen mir nicht mehr und ich stapfe einfach vorwärts. Egal wohin. Nur weg von hier. Von ihr. Von ihr und den ganzen Problemen, die sie mir beschert hat. Wenig später klingelt mein Handy, es ist Alison. Als ich sie das dritte Mal wegdrücke, schalte ich es aus.

12. Kapitel

Der Weg von der Schule ist länger, als ich erwartet hatte. Die Sonne ist schon fast untergegangen und es setzt leichter Nieselregen ein. Mein ganzer Körper schmerzt. Ich stolpere halb blind durch die fast verlassenen Straßen. Ich hasse mich für meine Dummheit, dass ich mir eingebildet habe, dass es besser werden würde. Ich hatte nie eine Chance. Es ist besser so, dass Alison mich jetzt hasst und sich von mir fernhält.

Ich muss verschwinden. Sterben. Besser ich bringe mich einfach um. Muss vergessen. Keine Schmerzen, keine Gedanken mehr.

Meine Lippen sind zusammengepresst, dennoch kann ich die Tränen nicht zurückhalten. Ich verschränke meine Arme vor der Brust, um zu verhindern, dass mich die unsichtbare Kraft zu Boden zieht, und zwinge mich weiterzugehen. Bevor ich die Haustür aufschließe, wische ich mein Gesicht mit dem Ärmel trocken.

»Verdammt, wo warst du?«

Kaum habe ich die Haustür zugezogen, schon höre ich Dads vorwurfsvolle Stimme. Er stapft aus dem Wohnzimmer und lehnt sich an den Türrahmen, die Arme vor der Brust verschränkt. Er hat dunkle Ringe unter den Augen und scheint um Jahre gealtert zu sein. Ich habe ihn lange nicht mehr so richtig angesehen, wir leben seit Wochen scheinbar in zwei vollkommen unterschiedlichen Welten.

»Wieso ist dein Handy aus? Ich habe versucht, dich die ganze Zeit zu erreichen. Sogar Alisons Vater habe ich angerufen. Der sagte mir dann noch, dass du gar keine Lust mehr auf die Reitstunden hast und deshalb deine Arbeit nicht mehr richtig machst. Geht´s noch? Was ist nur los mit dir?«

Mit jedem Wort wird er lauter. Beim letzten Satz breitet er die Arme aus und zieht die Augenbrauen hoch. Was soll das heißen, ich will keine Reitstunden nehmen? Ist auch besser so, wenn Alison mich nicht mehr so oft sieht. Ich bringe es nicht fertig, ihr noch mehr das Herz zu brechen.

»I-ich hab keine Ahnung. Ich muss Hausaufgaben machen.«

Meine Stimme zittert und ich spüre, wie mir verräterische Tränen in die Augen schießen. Ich will nur alleine sein und drehe mich zur Treppe, um nach oben zu gehen. Dad macht einen großen Schritt nach vorn und packt mich am Arm.

»Au! Du tust mir weh«, schreie ich und versuche, mich aus seinem Griff zu befreien.

Das hat er noch nie getan und als er den Mund aufmacht, schlägt mir die Alkoholfahne entgegen.

»Du bleibst schön hier und erklärst mir, was das ganze Theater soll! Ich reiße mir den Arsch für dich auf und das soll der Dank sein?«

»Dad, du bist betrunken. Lass mich los, wir können morgen darüber reden, okay?«

Ich versuche, meine Stimme unter Kontrolle zu halten, um ihn nicht weiter aufzuregen. Er macht mir Angst.

»Nein! Du sagst mir jetzt, was dein Problem ist, sonst ...«

»Sonst was? Willst du mich schlagen?«

Mistmistmist. Kannst du nicht einmal deinen Mund halten?

Er packt mich fester und zieht mich ins Esszimmer. Seiner Kraft hilflos ausgeliefert, lasse ich mich auf den Stuhl drücken und reibe mir den Oberarm, als Dad mich endlich loslässt. Seine Stimme zittert und er zeigt mit erhobenem Zeigefinger auf mein Gesicht.

»Das sollte ich vielleicht. Aber du hast Glück. Deine Mom

würde das nie zulassen. Willst du sie enttäuschen? Was denkst du, für wen ich das hier alles mache? Ab jetzt herrschen strengere Regeln. Ich dachte, etwas Freiraum würde dir guttun. Aber damit ist jetzt Schluss!«

Das, was ich jetzt tue, werde ich vermutlich für immer bereuen. Aber mein Innerstes ist schon zerstört, da ist kein Platz mehr für Mitleid. Ich will nur hier weg. Um jeden Preis.

»Mom?«

Ich atme tief ein und die Worte sprudeln wie ein Wasserfall aus meinem Mund.

»Sie ist weg. Für immer! Kapierst du es nicht?«

Der Stuhl kippt mit einem lauten Krachen um, als ich aufspringe.

»Wegen mir ist sie nicht mehr da! Ich bin an allem schuld! Ich habe sie umgebracht! Und ich hasse es hier! Alles! Lass mich einfach in Ruhe, okay?!«

Dad versucht nicht, mich aufzuhalten, als ich an ihm vorbei nach draußen stürme. Sein gebrochener Blick brennt sich in mein Gedächtnis. Auch ihn habe ich restlos zerstört. Diesmal für immer. Ich laufe in die alte Scheune. Kalte Luft strömt aus dem Inneren und ich knalle die Tür hinter mir zu.

Auf dem Weg nach unten klingelt sie bei jedem Nachbarn Sturm und innerhalb von zwanzig Minuten waren alle Bewohner draußen auf der verschneiten Straße. Nadeln aus Eis bohren sich in meine nackten Füße. In der Eile haben wir unsere Schuhe vergessen. Die meisten sind noch im Schlafanzug und Morgenmantel, die alte Mrs. Fitzgerald hat ihre zwei Katzen unter den Armen gepackt. Aus meinem Zimmer, das zur Straße liegt, steigt Rauch auf und im eben noch dunklen Fenster flackern Lichter.

»Ich muss deinen Dad anrufen. Er hat doch den wichtigen Auftritt in diesem neuen Pub«, sagt Mom zerstreut.

Sie braucht drei Anläufe, um die Nummer richtig ins Handy zu tippen. Irgendwer muss die Feuerwehr angerufen haben, Sirenen ertönen in der Ferne und hallen seltsam in meinen Ohren nach. Ich muss mich auf den nassen Bordstein setzen. Die Geräusche wirken wie ein Presslufthammer in meinem Schädel und ich presse meine Hände auf die tränenden Augen. Ein Gedanke huscht in mein Bewusstsein, aber bevor ich ihn fassen kann, verschwindet er schon wieder im Nichts. Ich habe das unheimliche Gefühl, irgendetwas Wichtiges vergessen zu haben.

»Fuck!«, schreie ich und trete vor die Kommode, dessen Tür sich quietschend öffnet.

Auf dem Boden ergießt sich ein Schwall aus leeren Whiskeyflaschen. Ich fasse es nicht, hat er die ganze Zeit schon getrunken? Ich falle auf die Knie und starre auf den Haufen aus Flaschen, nicht alle gänzlich leer getrunken. Tränen steigen mir wieder in die Augen. Meine Mundwinkel ziehen sich nach unten und ich lege die Stirn auf meine Knie. Als ich mein Kopf drehe, fällt mein Blick auf einen Karton, der hinter einem Strohballen hervorlugt. Mechanisch stehe ich auf, gehe zu der Stelle und nehme mir eine volle Flasche raus. Sie wiegt schwer in meiner Hand und ich drehe sie gedankenverloren. Das letzte Mal, dass ich Alkohol getrunken habe, ist Ewigkeiten her. Ich spüre immer noch Sarahs Berührungen und ihre Blicke, die mich erröten lassen. Was soll´s? Bevor ich es mir anders überlege, öffne ich den Whiskey und nehme einen kräftigen Schluck. Der Alkohol brennt in meinem Hals und ich muss erstmal husten. Nach einigen Schlucken gewöhne ich mich an den rauchigen Geschmack. Ich setze mich auf den Strohballen. Das Heu piekt durch meine Jeans. Schritte nähern sich der Scheune. Sicher Dad, der mich sucht. Ich husche durch den Raum und kann mich gerade noch verstecken, als sich schon die Tür öffnet. Dad geht zielstrebig zum Karton und holt sich eine Flasche raus. Er sieht sich nicht einmal um, als er die Scheune wieder verlässt und die Tür laut ins Schloss fällt.

Kälte breitet sich in meinen Eingeweiden aus. Die Schwerkraft zieht mich mit aller Gewalt nach unten und ich falle auf die Knie, unfähig mich zu rühren. Ich versuche, ruhig zu atmen, bis ich in der Lage bin, aufzustehen. Ich schleiche zur Tür und schaue durch den Spalt nach draußen, er wankt noch immer zum Haus und tritt laut fluchend gegen die Mülltonnen, die klappernd zu Boden fallen. Als er endlich die Tür hinter sich geschlossen hat, laufe ich raus und in den Wald. Das Unterholz knackt laut unter meinen schweren Schritten. Ich habe null Orientierung. Es gibt sowieso kein Ziel. Mich braucht niemand. Dad, Alison, Daniel, alle sind ohne mich besser dran. Und wenn ich diesen dummen Fehler nicht gemacht hätte, mich erinnert hätte, dann würde sie noch leben. Ihr vorwurfsvoller Blick verfolgt mich jede Nacht in meinen Träumen. Meine Schluchzer werden immer lauter, je weiter ich in den Wald hinein gehe. Den Weg habe ich schon lange verlassen und ich wanke zu einem Baumstamm. Ich setze mich auf den feuchten Boden, mein Rücken lehnt gegen das feuchte Moos. Mein Kopf wird schwer, trotzdem trinke ich, bis meine Augen zufallen. Ein Schrei lässt mich hochschrecken. Ich starre in die Dunkelheit, die ihre schrecklichen Fühler nach mir ausstreckt. Zitternd stehe ich auf, meine Beine sind eingeschlafen. Ich wanke durch die Bäume, mein Kopf ist leer. Die Temperaturen sind um einige Grad gesunken und es riecht nach feuchter Erde. Das

Geräusch habe ich bestimmt nur geträumt. Oder es war wieder mein eigener Schrei, ausgelöst von meinem Albtraum. Ich bleibe stehen und schließe die Augen. Der Schwindel macht es unmöglich, irgendeine Richtung zu erkennen. In einiger Entfernung ertönt ein Wimmern. Angestrengt lausche ich in die Nacht hinein. Ich gehe weiter in den Wald, jemand weint irgendwo rechts von mir. Das leise Rascheln unter meinen Sohlen nehme ich nur am Rande wahr. Ich krame mein Handy aus der Tasche und schalte die Taschenlampe ein.

»Hallo? Ist da wer?«, flüstere ich.

Die Zunge ist schwer vom Alkohol und der Müdigkeit, ich verstehe meine eigenen Worte nicht und mein Herz pocht so heftig, als wolle es aus meiner Brust springen. Ich bekomme keine Antwort. Das Licht erhellt nur kleine Teile meiner Umgebung. Ich stolpere über einen Ast und kann mich gerade noch so fangen, als ich einen Schemen unter einem Baum erkenne. Er liegt zusammengekrümmt auf dem Laub und ist über und über mit Schmutz bedeckt. Mit jedem Meter, dem ich mich nähere, erkenne ich mehr Einzelheiten. Der Schemen bekommt eine menschliche Form und ich erkenne eine Frau, die schluchzend auf dem Waldboden hockt. Sie zittert am ganzen Leib, ich packe sie an den Oberarmen und helfe ihr, sich aufzusetzen, dabei muss ich aufpassen, nicht umzufallen.

»Kannst du aufstehen?«, frage ich unsicher. Sie starrt mich unverwandt an.

»Jen?«, flüstert sie heiser und jetzt erkenne ich ihre Augen und als ich ihr den Schmutz aus dem Gesicht wische, entfährt mir ein erschrockener Schrei.

»Sarah! Oh mein Gott, was ist passiert?«

Ich helfe ihr vorsichtig auf und stütze sie mit dem rechten Arm. Mit links leuchte ich uns den Weg. Ich habe keine Ahnung, wo wir sind, aber irgendwann finde ich unsere

Auffahrt. Dad ist auf dem Sofa eingeschlafen und wir schleichen uns nach oben. Ich bugsiere Sarah in die Badewanne und brause ihr mit warmem Wasser den Dreck von der Haut. Es sollte mir egal sein, was mit ihr los ist. Aber ich werde nie vergessen, dass sie für mich da war, und das bin ich Sarah schuldig.

»Nichts.«

Ihre Stimme ist nicht vielmehr als ein Kratzen. Sie zittert immer noch und seit ihrem Blick im Wald hat sie mir nicht ein einziges Mal in die Augen gesehen.

»Was zur Hölle ist passiert? Du musst es mir sagen! Was soll ich meinem Dad erzählen, wenn er dich hier sieht? Du musst sofort wieder verschwinden!«

Ich versuche, nicht zu schreien, um meinen Vater nicht aufzuwecken. Mir schwirrt der Kopf. Die ganze Situation überfordert mich und ich muss mich zur Ruhe zwingen.

»Nein«, schluchzt Sarah zitternd.

Sie schüttelt nur den Kopf, ihr Blick ist wirr. Vielleicht steht sie unter Drogen. Ich beschließe, ihr die Haare zu waschen, und seife sie sanft ein. Die Berührungen erinnern mich an unsere gemeinsame Nacht. Es ist erst ein paar Wochen her, aber es kommt mir vor wie eine Ewigkeit. Ich verscheuche die Gedanken und versuche, mich zu konzentrieren.

»Du kannst erstmal bis morgen hierbleiben. Mein Dad ist morgen den ganzen Tag in der Fabrik, deshalb kann ich mich krank melden und bei dir bleiben.«

Ich hatte eh nicht vor, jemals wieder in die Schule zu gehen. Der Grund dafür rückt jetzt, wo Sarah hier ist, in weite Ferne. Jetzt endlich sieht Sarah mich an. Der Schmerz in ihren Augen trifft mich bis ins Mark. Mein Verstand schreit mich an, dass ich sie vor die Tür setzen soll, aber ich schaffe es nicht. Ich bin schwach. Ich gebe ihr meinen Bademantel und lege sie in mein Bett. Ich denke darüber nach, mich zu ihr zu legen, verwerfe den Gedanken aber wieder. Noch lange, nachdem sie eingeschlafen ist, betrachte ich ihr ausgezehrtes Gesicht. Meine Wangen sind feucht von den Tränen und als ich es merke, wird mir ganz heiß und ich gehe schnell ins Bad und drehe die Dusche auf, damit ich ungestört weinen kann. Ich ziehe mich aus und stelle mich unter das heiße, prasselnde Wasser. Zitternd sinke ich auf die Knie und lege meine Hände vors Gesicht. Ich weiß nicht, was ich tun soll. Was ist mit Sarah passiert? Ich war kurz davor mich von dem Schock zu erholen, den ihr Verrat verursacht hat. Und jetzt· taucht sie einfach so auf und bringt alles wieder durcheinander. Als sie weg war, konnte ich mich auf Alison konzentrieren, die so anders ist als Sarah. Ich drehe das Wasser zu und als ich nach meinem Bademantel greifen will, fällt mir schmerzlich ein, dass ich ihn Sarah gegeben habe.

Ins Handtuch gehüllt betrete ich mein Zimmer. Sie schläft noch, das ist gut. So kann ich noch etwas nachdenken. Eine Stunde später, Dad ist schon in der Morgendämmerung zur Arbeit gefahren, rufe ich die Schule an und melde mich krank. Ich beschließe, in die Küche zu gehen, um Frühstück zu machen. Als der Speck gerade fertig ist, kommt Sarah mit zerzausten Haaren durch die Tür.

»Guten Morgen. Ich hab mir ein paar Sachen aus deinem Schrank geliehen, ich hoffe, es ist okay für dich«, sagt sie heiser und lächelt schief.

Einen Moment lang verliere ich mich in ihren Blick. Ich schelte mich in Gedanken eine Idiotin und konzentriere mich auf die Rühreier.

»Was war los gestern? Du hast mir einen riesigen Schrecken eingejagt!«, frage ich, den Blick immer noch gesenkt.

Sie starrt mich an und kommt auf mich zu, doch bevor Sarah mich zu sich ziehen kann, stoße ich sie weg und sehe sie wütend an.

»Du willst nicht mit mir reden? Dann geh!«, sage ich wütend und gehe zur Tür, um sie Sarah aufzuhalten.

»Süße, nein! Bitte! Ich habe niemanden!«

Ihr steigen Tränen in die Augen und ich bin versucht, ihr zu vergeben und sie zu trösten.

Lass das! Sie soll sich zum Teufel scheren!

»Was ist mit deinem Tristan? Ich habe euch gesehen, im Park. Hast du dich wegen dem nicht mehr bei mir gemeldet?«

Ich wollte stark sein, ihr nicht meine Schwäche zeigen, aber ich kann meine heißen Tränen nicht mehr zurückhalten.

»Ich brauche dich nicht mehr. Du kannst dir eine andere Dumme suchen, der du etwas vortäuschen kannst.«

Meine Stimme zittert. Sarah zieht ihre Augenbrauen zusammen und spuckt mir vor die Füße.

»Schön. Wenn du meinst.«

Sie prallt gegen meine Schulter und ich knalle gegen den Türrahmen, als sie stürmisch das Haus verlässt.

»Sarah!«, rufe ich noch, aber sie ist schon fort.

Soll ich ihr hinterherlaufen?

NEIN VERDAMMT! Fuckfuckfuck.

Eine Welle aus Schuldgefühlen und Verlassensängsten spült all meine Wut fort. Ich stelle den Herd aus, schnappe mir meine Schlüssel und laufe hinterher. Ich sehe sie noch im Wald hinter dem Haus verschwinden und renne ihr nach. Sie ist verdammt schnell, obwohl sie eine lange Nacht hinter sich hat. Nur wenige Meter komme ich, bis sich in meiner Seite ein ziehender Schmerz bemerkbar macht. Aber ich laufe weiter, höre ihre harten Schritte über dem raschelnden Laub und den knackenden Ästen. Nieselregen sticht mir ins Gesicht. Meine Beine schmerzen und ich stolpere immer wieder über Wurzeln und Steine. Irgendwann geht es leicht bergab. Mir klatschen die Äste ins Gesicht, ich rutsche jetzt mehr, als dass ich laufe. In diesem Teil des Waldes war ich noch nie. Unten am Fuß des Hügels sehe ich sie. Sarah kauert auf dem feuchten Laub und weint, sie schluchzt und ihr Körper bebt. Langsam gehe ich auf sie zu, flüstere fast ihren Namen.

»Sarah? Ist schon gut.«

Ich knie mich hinter ihr auf den nassen Boden und nehme sie in meine Arme.

»Es tut mir leid«, sage ich.

Mehr bekomme ich nicht raus, ohne loszuheulen. Wem mache ich eigentlich etwas vor? Ich bin ein Idiot.

Stumm kauern wir eine Weile im Regen, bis wir völlig durchnässt sind.

»Lass uns reingehen«, sage ich und nehme Sarah an die Hand, um ihr aufzuhelfen.

Der Hügel ist steiler, als gedacht, aber wir schaffen es heil nach oben und aus dem Wald heraus. Kaum sind wir in das Haus getorkelt, gehe ich ins Bad und lasse heißes Wasser in die Wanne einlaufen. Meine Mom hatte noch Badeschaum mit Lavendelduft, den ich aus New York mitgenommen habe. Während das Wasser läuft, hole ich aus der Küche ein Glas Limo.

Sarah ist bereits im Bad und zieht ihre durchnässten Sachen aus. Als sie mich sieht, kommt sie langsam auf mich zu. Ich kann ihren Blick nicht deuten. Gerade eben hat sie verwirrt und ängstlich ausgesehen. Jetzt sieht sie mich fast herausfordernd an, ein kaum sichtbares schiefes Lächeln umspielt ihre Lippen.

»Geh rein. Ich hole schnell noch ...«, versuche ich sie abzulenken und wende mich zur Badezimmertür.

Aber sie hält mich am Arm fest. Ich will nicht hinsehen, aber mein Blick fällt auf ihren knochigen Körper. Sie hat seit unserem letzten Treffen noch mehr abgenommen. Sarahs Rippen und ihre Beckenknochen stehen hervor und bevor mir bewusst wird, was ich tue, fahren meine Fingerspitzen über ihre zarte Haut. Ich fühle die dünnen Schlüsselbeine, ihren Brustkorb zwischen ihren Brüsten.

Ich halte inne, bevor ich ihren Bauchnabel erreiche, und will mich losreißen und die Küche flüchten. Sarah hält mich an beiden Armen fest, sie ist stärker, als sie aussieht. Sie presst ihre rissigen Lippen auf meine. Unsere Zungen berühren einander und als ich mich entspanne, lockert Sarah ihren Griff. Meine Arme hängen schlaff an meinem Körper runter. Ich wage es nicht mehr, sie weiter zu berühren. Sie zu streicheln. Ich will ihr nicht näher sein. Aber mein Herz weigert sich, auf mich zu hören. Wir küssen uns. Unsere Nasenspitzen berühren sich und sie sieht mir tief in die Augen. Alles in mir schreit, ich solle aufhören. Ich bin erbärmlich. Ich streiche ihr über ihre feuchten Haare und gleite mit den Fingerspitzen ihre Wirbelsäule runter.

»Komm mit mir«, haucht Sarah mir ins Ohr und zieht mir mein Shirt über den Kopf.

Ich lasse es geschehen. Langsam knöpft sie meine Hose auf und zieht mir meinen Slip aus. Hand in Hand steigen wir in die Wanne. Ich sitze mit dem Rücken zu ihr. Der Schaum wirft kleine Blasen in die Luft.

»Entspann dich. Es tut mir leid, wenn ich dich erschreckt habe. Es gibt Tage, an denen ich ... nicht ich selbst bin.«Ihr Stocken fällt mir auf, aber ich bin zu verwirrt, um darüber nachzudenken.

»Ich glaube, ich habe einfach zu viel getrunken. Oder das Gras war schlecht, haha«, sagt sie lachend.

Ja, das ist eine Erklärung. Ich habe schon mal gehört, dass Drogen Menschen verändern können. So wie meinen Dad. Seitdem er trinkt, ist er wie ausgewechselt. Sein Griff hat blaue Flecken auf meinem Arm hinterlassen.

Sie streicht meine vom Regen welligen Haare aus dem

Nacken und massiert mich. Ich schließe die Augen. Die Anspannung der letzten Wochen verschwindet aus meinen Muskeln. Ihre Hände kneten sanft meine Nackenmuskeln und nach einiger Zeit werden die Bewegungen langsamer. Ihre Fingerkuppen streicheln meine Oberarme, sie wandern über meinen Hals bis zu den Schlüsselbeinen. Ich spüre den warmen Hauch ihres Atems an meinem Ohr. Sanft küsst sie mein Ohrläppchen, meinen Hals. So abgelenkt, merke ich zu spät, dass sie meine nackten Brüste berührt. Ich bin zu erregt, um es zu stoppen. Ich gebe mich den Gefühlen hin, ihren Liebkosungen. Ich war so lang allein. Alles andere verliert seine Wichtigkeit. Sarahs Hand wandert langsam zu meinem Bauchnabel und sie drückt auf meinen Bauch.

»So fest, wie ich ihn liebe«, flüstert sie in mein Ohr und ihre Hand wandert weiter nach unten.

13. Kapitel

Ein klirrendes Geräusch weckt mich. Ich liege neben Sarah in meinem Bett, nach dem Bad wurden wir müde und ich wollte sie nicht alleine lassen.

Was mach ich bloß hier?

Das nagende Gefühl, einen Fehler gemacht zu haben, schiebe ich schnell beiseite. Um Sarah nicht zu wecken, löse ich mich vorsichtig aus ihrer Umarmung und stehe auf. Ich nehme mein Handy, um mir den Weg zu leuchten, schleiche aus dem Zimmer und schließe leise die Tür. Aus der Küche höre ich die Kühlschranktür und jemanden mit schweren Schritten ins Wohnzimmer schlurfen und beschließe, hinunter zu gehen.

»Hi Dad, du warst lange weg heute«, sage ich gähnend und nehme mir ein Stück von seiner kalten Pizza.

Ich beobachte seine Reaktion, hoffentlich hat er mir meinen Ausraster heute Morgen nicht übel genommen.

»Hallo Liebes, habe ich dich geweckt? Heute hatten wir viel zu tun, seit die Leute gehört haben, dass ich früher mal beruflich Musik gemacht habe, kommen immer mehr Kollegen und fragen nach Einzelstunden für ihre Kinder. Es tut mir leid wegen gestern, ich bin nur überarbeitet.«

Er reibt sich sein stoppeliges Gesicht und ich atme erleichtert auf.

»Dad, es tut mir leid wegen gestern. Wirklich. Können wir morgen nochmal darüber reden?«

Er antwortet nicht, also füge ich noch hinzu:

»Du arbeitest zu viel. Ich werde morgen Mr Crawford sagen, dass ich nicht mehr zum Stall komme.«

Alison will mich bestimmt nicht mehr sehen. Ich schlucke

den Kloß im Hals runter. Mein Gewissen meldet sich beißend, als ich an die letzten Stunden denke. Plötzlich komme ich mir so dumm vor, aber als ich an der Lippe kauend über meinen eigenen Verrat denken will, höre ich Dad wieder wütend knurren.

»Kommt gar nicht in Frage!«, widerspricht er mir.
Er will noch etwas sagen, wendet sich jedoch ab und schluckt schwer.

»Was ist denn? Ich kann immer noch reiten lernen, wenn wir das Haus fertig haben. Ich sehe doch, dass du überarbeitet bist. Wir sehen uns kaum noch.«
Dad sieht mich nicht an, seine Schultern hängen herab und ich sehe, wie eine Träne an seiner Wange herunterläuft. Ich stehe auf und will mich zu ihm setzen, aber er springt auf und stößt mich zur Seite.

»Geh einfach und mach, was du willst«, sagt er bitter und dreht mir den Rücken zu.
Mein Hals schnürt sich zu, ich verstehe seinen Stimmungswandel nicht. Ich berühre seinen Arm, aber er entzieht sich mir.

»Ich will dir nur helfen. Wir haben nur uns und das will ich nicht kaputt machen«, flüstere ich.

»Das hast du schon. Deine Mutter hat alles für dich geopfert. Und womit dankst du es ihr? Indem du rauchst und säufst. Glaubst du, ich hätte es nicht gemerkt? Dein Lehrer hat mich heute angerufen, du hast ein paar Mal die Schule geschwänzt und deine Noten gehen auch in den Keller.«
Ich unterdrücke meine Tränen. Alles mache ich falsch. Am besten wäre es, wenn ich einfach verschwinden würde. Von jetzt auf gleich.

»Du wirst diese Scheiß-Reitstunden nehmen! Du hörst auf mit dem Trinken und sehe ich eine Zigarette, dann kannst du dich auf was gefasst machen«, sagt er laut und ich mach mir Sorgen, dass Sarah aufwachen könnte und runter kommt.

Meine Stimme zittert und ich kann nicht mehr verhindern, dass mir heiße Tränen die Wangen hinunter laufen.

»Bitte, ich hör auf. Ich weiß, dass ich schuld bin, dass Mom weg ist. Ich hab doch nur noch dich.«

Die letzten Worte kommen mir kaum über die Lippen.

Dad schaut mich ausdruckslos an, als er sagt:

»DU bist einsam, ja? ICH habe die Liebe meines Lebens verloren. ICH muss jetzt alleine mit allem klarkommen. Die Farm war eine blöde Idee und dann habe ich einen dummen Teenager, der nichts auf die Reihe bekommt, weil er EINSAM ist. Du wirst bald achtzehn, dann kannst du tun und lassen, was immer du willst. Ich geh jetzt schlafen.«

Ohne mich noch einmal anzusehen, stapft er an mir vorbei. Ich packe ihn am Arm und will ihn festhalten.

Lass mich nicht allein!

Dad reißt sich aus meinem Griff. Seine Hand klatscht gegen meine Wange und ich knalle gegen den Küchenschrank. Entsetzt starrt er mich an.

»Jennifer! Ich ... Es tut mir ...«

Ich halte mir die Hand auf meine brennende Wange und stoße ihn zur Seite, als ich nach draußen in die Scheune renne.

Ich kann mich nicht mehr zurückhalten und falle schluchzend auf die Knie. Mein Gesicht presse ich in mein Shirt, damit mich niemand hört.

Ich will nur noch sterben! Scheiß drauf!

Dieser Gedanke kommt so schnell und unerbittlich. Jetzt ist alles egal. Sarah wird mich auch bald wieder verlassen, so wie sie es immer tut, und sonst habe ich niemanden. Alison ist besser ohne mich dran und Daniel schreibt auch nicht mehr zurück. Jemanden wie mich kann man vergessen. Ich fühle mich wie der unwichtigste Mensch auf diesem

Scheiß-Planeten. Nach einer Weile legt sich eine unheimliche Ruhe über mich. Ich öffne die Augen und atme tief ein. Schwerfällig erhebe ich mich und gehe wieder ins Haus, das nun im Dunkeln liegt. Dad schnarcht laut auf dem Sofa.

Meine Beine setzen sich in Bewegung und ich schleiche in die Küche. Das Messer in meiner Hand blitzt im schwachen Licht der Straßenlaterne, die durch das Küchenfenster scheint.

Die Gedanken in meinem Kopf sind endlich verstummt. Mein Verstand ist klar. Ich schließe die Augen, setze die Klinge an die Pulsader und atme ein letztes Mal tief ein.

Meine Hosentasche vibriert, das Messer rutscht ab und hinterlässt einen tiefen Schnitt an meinem Unterarm, als ich zusammenzucke. Klirrend fällt die Klinge zu Boden. Erschrocken halte ich inne und lausche auf Geräusche im Haus. Es scheint niemand wach geworden zu sein. Zitternd schaue ich auf das Display.

Daniel ruft an

Was will der denn jetzt um diese Uhrzeit? Ich stecke das Telefon wieder in die Tasche und hebe das Messer auf.

Zu spät.

Diesmal werde ich keinen Fehler machen, mein Verstand ist klar.

Es gibt kein Zurück.

Mit dem Messer in der Hand gehe ich langsam in die Scheune. Die Glühbirne wirft ihr schwaches Licht auf das Sammelsurium aus Kartons und kaputten Möbeln. Ich setze mich im Schneidersitz auf das alte Sofa. Die Wunde auf meinem Arm blutet, aber nicht stark genug und ich habe wegen Daniel die Ader verfehlt. Erneut lege ich die Klinge auf meine Haut. Das Handy vibriert unaufhörlich, ich kann es nicht ignorieren. Genervt atme ich ein und lasse das

Messer sinken. Ich muss es abschalten. Meine Gedanken fangen wieder an, sich im Kreis zu drehen. Denke an die Zeit, in der ich noch Hoffnung hatte.

Ich habe es versucht, Daniel, es tut mir leid. Geh deinen Weg ohne mich.

Meine Hand wandert suchend zum Telefon. Ich muss ihn wegdrücken und es abschalten. Der Funke, der mich zum Weiterleben auffordert, darf nicht erneut zu einem Feuer werden, das früher oder später ohnehin erlischt.

Anstatt den Anruf abzulehnen, schiebt sich mein Daumen nach rechts und nimmt an.

Fuck.

»Hallo? Jennifer?«, höre ich Daniels Stimme leise durch den Hörer fragen.

Was soll ich tun? Auflegen wäre das Beste.

Lass dich nicht ablenken!

»Jen, ich hör dich atmen. Bitte rede mit mir.«

Ich atme lange ein und aus, ehe ich mir das Handy ans Ohr halte.

»Hey«, sage ich leise mit kratziger Stimme.

Ich räuspere mich und lege den Kopf in den Nacken.

»Geht´s dir gut? Ich weiß, es ist spät, aber ich hatte das drängende Bedürfnis, dich anzurufen. Nach meinem Besuch auf dem Ball mache ich mir Sorgen um dich.«

Er hat wie immer das perfekte Timing.

»Es geht so. Ich hatte Streit mit Dad«, sage ich und wische mir eine Träne weg.

»Was ist denn passiert?«

»Ach, nur ´ne kleine Meinungsverschiedenheit. Ich bin viel unterwegs in letzter Zeit.«

»Mit dieser Alison? Hast du mit ihr gesprochen wegen der Sache auf dem Ball?«

»Nein. Ja.«

Ich schüttle den Kopf und schlucke den Kloß runter. Aber

ich kann mich nicht zurückhalten und schluchze ins Telefon.

Daniel. Warum bist du jetzt nicht hier?

»Hey! Jetzt sag schon. Da ist doch noch mehr. Fällst du wieder in dein Loch wie beim letzten Mal? Komm schon.«

»Sorry. Das ist unser letztes Gespräch. Lass mich bitte in Ruhe, du bist so weit weg und wenn du studierst, hast du noch weniger Zeit als jetzt. Ich krieg das schon irgendwie hin«, lüge ich.

Meine Stimme ist verheult, es ist mir egal, was er denkt. Es ist besser, wenn er mich jetzt verlässt.

Ich lege auf und lasse das Handy auf das Sofa fallen. Mein Kopf liegt auf den Knien und ich weine. Ein letztes Mal versinke ich in den Schmerz, fokussiere mich auf das Pochen meines Herzens. Unaufhörlich fließen meine Tränen. Ich habe noch die ganze Nacht Zeit, um mich zu beruhigen. Die erlösende Klinge liegt neben meinem zitternden Körper. Die Anrufe von Daniel ignoriere ich.

»Jennifer? Hey, wach auf!«, sagt Sarah und rüttelt an mir.

Ich öffne die Augen. Durch die halb geschlossene Tür scheint das Dämmerlicht des hereinbrechenden Morgens.

Ich bin eingeschlafen!

»Hier, trink das. Wieso hast du denn hier gepennt?«, fragt sie und drückt mir ein Glas Limo in die Hand.

Ich spüle das süße Zeug in einem Zug hinunter.

»Nur so. Wieso bist du schon wach?«, frage ich.

Ich hoffe, sie verschwindet, bevor Dad aufwacht. Er wird mich sicher suchen.

»Keine Ahnung. Konnte nicht mehr schlafen. Komm mit mir, ich treffe mich mit Jay. Den kennst du doch noch, oder?«

Welchen Jay meint sie, den verschlossenen, schlecht

gelaunten oder den hilfsbereiten Jay?

»Nein, ich glaube, es wäre besser, wenn du alleine gehst.«
Mir wird plötzlich schwindelig. Es war zu viel gestern.
Sarah steht auf, nimmt meine Hand und zieht mich hoch.
Ich kann kaum stehen, geschweige denn, geradeaus gucken.

»Du bist echt fertig. Mein Auto steht direkt an der Straße.
Ich helfe dir. Du kannst mir während der Fahrt alles
erzählen.«
Sarah legt ihren Arm um meine Hüfte und stützt mich mit
ihrer Schulter.

Was ist los mit mir?

»Nein, Sarah ...«, protestiere ich.
Mir ist schlecht. Sarahs Gesicht verschwimmt vor meinen
Augen. Sie ignoriert meine kläglichen Versuche, mich aus
ihrem Griff zu befreien. Sarah zieht mich zur Straße.

Nein. Lass mich. Ich will sterben.

Mir fehlt mir die Kraft für jede Art des Widerstandes. Sie
bugsiert mich auf die Rückbank ihres Autos und mir fallen
sofort die Augen zu.

Ich muss die ganze Fahrt über geschlafen haben, denn ich
werde von einem kühlen Lufthauch geweckt, als jemand
meine Autotür öffnet.

»Hey, Schlafmütze. Was ist denn los?«, sagt eine
Männerstimme.
Die Geräusche nehme ich wie durch Watte wahr. Mir
kommt es vor wie in einem Traum, als mich Hände packen
und aus dem Auto tragen. Durch das Schaukeln werde ich
wieder dösig und falle in einen traumlosen Schlaf. Als ich
das nächste Mal aufwache, ist es stockdunkel und ich liege
in einem weichen Bett. Es riecht nach Zigarettenqualm und
Marihuana.

Wo bin ich?

Gedämpfte Stimmen ertönen aus dem Nebenraum.
Langsam setze ich mich auf. Mein Mund ist ganz trocken

und mein Hals kratzt. Meine Kehle fühlt sich an, als hätte ich seit Tagen nichts mehr getrunken und ich schleiche vorsichtig zur Tür, um keinen Lärm zu machen, falls ich auf ein Hindernis stoße. Meine Finger tasten sich zur Klinke und ich drücke die Tür einen Spalt auf.

»... mich niemals. Lass mich das machen, du bist fein raus«, höre ich Sarahs Stimme sagen.

Ich warte einen Moment, damit es nicht so aussieht, als ob ich gelauscht hätte, und öffne die Tür dann ganz.

»Süße, endlich wach?«, sagt Sarah und umarmt mich stürmisch.

»Sieht so aus«, sage ich stumpf und löse mich aus der Umarmung.

Mir ist echt nicht nach Zärtlichkeiten. Der Raum, aus dem ich gekommen bin, grenzt nahtlos an ein kleines schmuddeliges Wohnzimmer. Die Einrichtung ist eher spärlich und bunt zusammengewürfelt. In der hintersten Ecke steht ein winziger Röhrenfernseher, in dem eine Talkshow läuft. Das Sofa, auf dem Jay sitzt, hat seltsame Flecken auf dem grünen Polster und auf dem Tisch davor sehe ich Bierflaschen und Zigarettenschachteln. Daneben erkenne ich zwei unscheinbare Tütchen.

»Hast du ein Glas Wasser für mich?«, frage ich an Jay gerichtet.

Er sieht echt fertig aus. Dunkle Augenringe zeichnen sich unter seinen Augen ab. Ich sterbe vor Durst. Mein Magen knurrt, aber ich bezweifle, dass ich nur einen Bissen runter bekomme.

»Klaro. Ich bring dir was. Mach´s dir bequem«, sagt Jay und geht aus dem Zimmer.

So klein, wie es hier aussieht, kann ich mir nicht vorstellen, dass es hier eine Küche gibt. Geschweige denn ein Bad. Ich setze mich auf die Couch und Sarah gesellt sich zu mir.

»Du hast mich ganz schön erschreckt«, sagt sie und

macht mir ein Bier auf.

Was zur Hölle meint sie?

»Ich bin wach geworden und du warst nicht da. Dein Paps hat Gott sei Dank noch gepennt, also bin ich nach draußen gegangen und hab dich gesucht.«

»Wieso hast du mich mitgenommen? Dad wird ausflippen, wenn ich nicht da bin!«, frage ich wütend.

»Reg dich ab. Du bist nur ein paar Stunden weg. Ich fahr dich später wieder nach Hause. Wir haben nur ein bisschen Spaß«, sagt Sarah unbeeindruckt.

Jay drückt mir ein Glas Wasser in die Hand. Er kniet sich auf die andere Seite des Tisches, greift nach einem der kleinen Tütchen und schüttet eine winzige Menge von dem weißen Pulver auf die schmutzige Tischplatte.

Sarah leckt sich einen Finger, tunkt ihn in das Pulver und reibt sich damit die Zähne.

»Wow, das ist gutes Zeug, war bestimmt nicht billig.«

»Egal, jetzt wird gefeiert!«, sagt Jay lachend und nimmt eine Kreditkarte, um den winzigen Haufen in drei Linien zu teilen. Mit scheinbar geübten Bewegungen formt er schmale Streifen daraus und legt feierlich ein kleines Plastikröhrchen auf den Tisch.

»Ladies first! Zeig der Kleinen mal, wie das geht.«

Jay grinst mich schelmisch an. Ich ziehe die Augenbrauen zusammen und schaue auf den Boden.

»Ich glaub nicht, dass das eine gute Idee ist«, sage ich.

»Stell dich nicht so an. Du hast so viel Scheiße durch, gönn es dir heute mal. Passiert schon nichts«, sagt Sarah und nimmt das Röhrchen, beugt sich über das Pulver und zieht es in die Nase hoch.

Das Geräusch ist widerlich. Schnell setzt sie sich wieder auf und legt den Kopf in den Nacken. Entspannt lehnt sie sich zurück und schließt die Augen.

»Sarah?«, frage ich, doch Jay ist es, der mir antwortet.

»Ihr geht's gut. Sehr gut sogar. Probier es mal, das werden die besten Stunden deines Lebens! Es brennt anfangs etwas in der Nase, aber das ist normal.«

Aufmunternd lächelt er mich an. Ich weiß, dass es eine härtere Droge als Marihuana ist, aber ich will einfach alles vergessen.

Vielleicht krepiere ich ja daran, verdient habe ich es allemal.

Dad wird es verkraften. Ich bin ihm nur eine Last, also willige ich ein.

»Schau, ich zeig dir, was du machen musst«, sagt Jay, aber es ist echt einfach und ich nehme das Röhrchen an mich.

Wie Sarah vor mir lege ich es an das Pulver und ziehe kräftig die Nase hoch, während ich mir das andere Nasenloch zuhalte. Zuerst spüre ich nichts außer einem extremen Brennen in der Nase und ich verziehe das Gesicht.

Während ich das Bier leere und Sarah beobachte, wie sie an ihren Nägeln kaut, merke ich, dass mein innerer Druck abklingt und meine Gedanken sich beruhigen.

Fuck. Alles ist so klar!

Meine Hand legt sich auf Sarahs Wange.

Die Haut ist so weich. Ich will ihre Lippen anfassen. Was tut sie da?

Als mein Daumen über ihre Unterlippe streicht, packt sie meine Hand und zieht mich zu sich ran. Ich spüre, wie sich unsere Beckenknochen berühren.

Wow. Mein ganzer Körper kribbelt.

Sarah greift mit der einen Hand in meine Haare und die andere packt meinen Hals. Sie presst ihre Lippen auf meine und als ich meinen Mund öffne, leckt sie mir über die Oberlippe. Meine Zunge streicht ihre Unterlippe und unsere Zungen führen einen wirren Tanz auf. Alles fühlt sich so heftig intensiv an.

Schmeckt nach Kippe und Bier. Ihre Haut riecht nach billigem Parfüm. Die Zunge so rau. Ich will sie überall anfassen.

Sarah nimmt mein Gesicht in ihre Hände und löst sich von mir.

Nein, warum?

Ich schnappe nach Luft. Mir fällt der arme Jay wieder ein und ich drehe mich in seine Richtung. Er sitzt immer noch an dem Tisch, seine Hände stützen den Kopf und er hat die Augen geschlossen. Schläft er etwa?

»Der ist wie immer eingepennt. Du wirst auch noch merken, wie gut man damit schlafen kann. Aber lass uns noch eine rauchen«, sagt Sarah und ohne eine Antwort abzuwarten zündet sie eine Zigarette an und reicht sie mir.

Während ich an der Kippe ziehe, laufen wieder die Bilder aus dieser schrecklichen Nacht durch meine Gedanken. Was mache ich hier? Mein Leben ist ein einziger Fehler, ich hätte an diesem Tag sterben sollen, da bin ich mir ganz sicher. Nur deshalb geht seitdem alles schief. Als Strafe dafür, dass ich Mom auf dem Gewissen habe. Heulend liege ich mit dem Kopf auf Sarahs Schoß. Schluchzer schütteln meinen Körper und ich schniefe laut. Der Verlust trifft mich erbarmungslos mit einem Schlag.

Gib auf, Jennifer. Ich habe alles zerstört. Wozu noch weitermachen?

Sarah streichelt mir über meine Haare, aber ich spüre es kaum. Jemand reicht mir ein Glas Wasser, was ich gierig hinunter spüle, so trocken ist meine Kehle. Dann heben mich starke Arme hoch und tragen mich wieder in das Bett, in dem ich erst vor wenigen Stunden aufgewacht bin.

14. Kapitel

Bevor Jay aus dem Zimmer gegangen ist, bin ich weinend eingeschlafen. Nach einem traumlosen Schlaf werde ich wach. Es ist dunkel draußen und ich habe keine Ahnung, ob ich nur Stunden oder sogar vielleicht Tage geschlafen habe. Langsam schäle ich mich aus der Decke und will in die Küche gehen, um etwas zu trinken. Mein Schädel pocht. Ich öffne die Tür einen Spalt breit, um etwas Licht in das Zimmer zu lassen. Seltsame Geräusche lassen mich aufhorchen und ich wage einen Blick in das Nebenzimmer. Was ich sehe, lässt meine Eingeweide gefrieren. Sarah sitzt nackt auf Jay und küsst ihn! Ihre Bewegungen sind rhythmisch, fast synchron. Ihr Stöhnen ist wie alle schlimmen Worte dieser Welt in meinen Ohren. Mein Herz hämmert wie wild gegen meine Brust und Hitze strömt in meine Glieder. Ich halte die Luft an und ich schließe leise die Tür. Auf dem Bett drücke ich mir das Kissen auf das Gesicht und weine, der Stoff dämpft meine Schluchzer und so laut, wie die beiden da drüben sind, würden die mich sowieso nicht hören. Was dachte ich mir nur? Als ob Sarah mich nicht wieder verletzen würde!

Ich will nur noch sterben.
Mein Herz zerspringt in tausend kleine Stücke.
Es ist doch alles egal. Ich bin wütend. Auf meine Mutter. Meinen Dad. Daniel und Sarah. Sean, der mir das Leben schwer macht und Alison mit ihren eigenen dummen Problemen. Niemand will wissen, wie es mir geht! Das Stöhnen wird lauter und ich halte mir die Ohren zu. Wenig später höre ich nichts mehr, außer einer Tür, die geöffnet und dann wieder geschlossen wird. Ich blinzle unter

meinem Kissen hervor: Nichts, es war sicher die Haustür. Hoffentlich sind die weg. Ich spüre nichts mehr, außer den brennenden Hass auf mich selbst. Benommen stehe ich wieder auf und wanke halb blind vor Tränen zur Tür. Ich muss weg hier. Egal wohin.

Die kleine Wohnung ist verlassen. Ich nehme mir eine Flasche Bier, die noch neben dem Sofa steht, und gehe wieder in das Schlafzimmer, um mir Klamotten anzuziehen. Ich habe noch immer das XXL-Shirt von Jay an. Während ich in meine düsteren Gedanken versunken das Bier leere, höre ich die beiden wieder in die Wohnung kommen.

Fuck. Warum bin ich nicht sofort abgehauen?

Die bemühen sich nicht einmal, leise zu sein. Wie sie da lachen und Spaß haben, als ob es mich gar nicht gäbe! Angetrunken schlurfe ich ins Wohnzimmer und sehe Jay und Sarah hasserfüllt an.

»Na, hattet ihr Spaß? Sarah, ich dachte, du magst mich wirklich!«, sage ich anklagend und mir kommen wieder die Tränen.

Scheiße, hör auf zu heulen!

»Ich dachte, endlich liebt mich jemand. Und dann gehst du mit dem da ins Bett?«

Meine Stimme klingt schon fast hysterisch und ich muss mich zwingen, ruhig zu atmen, bevor ich hyperventiliere.

»Süße, komm runter. Was redest du da für einen Quatsch?«, sagt Sarah und sieht die Flasche in meiner Hand.

Sie schmunzelt, als sie fortfährt:

»Ah ja, du verträgst immer noch nichts, was? Leg dich hin und wir reden morgen drüber, okay?«

Sie reagiert gar nicht auf meinen Vorwurf.

»Ich hau jetzt ab! Ich hoffe, ihr verreckt an dem Scheiß hier«, schreie ich und mache den zweitgrößten Fehler meines Lebens, als ich das offene Tütchen mit dem Kokain vom Tisch fege. Das Pulver zerstäubt in der Luft und legt sich wie Staub auf den schmutzigen Teppich. Jay streckt den Arm aus, um Sarah zurückzuhalten, aber sie stürzt vor und zieht eine Waffe aus ihrem Hosenbund, die sie am Rücken versteckt hatte.

»Fuck! Sarah, was soll die Scheiße? Pack die Pistole weg! Das hat sie nicht mit Absicht gemacht, stimmt doch, oder?«, ruft Jay verzweifelt und starrt mich mit auffordernder Miene an.

»Sie gibt uns das Geld dafür und morgen besorge ich neues Zeug, klar?«

Wo zur Hölle hat die die Waffe her? Hoffentlich erschießt sie mich einfach.

»Sie geht nirgendwohin!«

Sarahs Stimme zittert vor Wut.

»Mädchen, ich habe nur mit dir gespielt. Ich habe gehofft, dass du mir irgendwann hilfst, an den Stoff zu kommen!«

Mein Herz bleibt eine Sekunde lang stehen. Dieser Satz ist entsetzlicher als die Waffe vor meiner Stirn. Ich spüre nichts mehr, nicht einmal Angst um mein Leben.

»Lass sie doch. Ich glaube, die hat es kapiert!«, sagt Jay, aber Sarah ist noch nicht fertig.

»Und Tristan? Willst du in den Knast gehen? Ich werde es sicher nicht riskieren, dass die da zu den Bullen rennt!«

Jetzt schießen Sarah Tränen in die Augen, ihre Pistole ist jedoch unbewegt auf mich gerichtet. Tristan?

Was hat der denn damit zu tun?

»Tristan?«, frage ich dümmlich.

»Ja, du blöde Kuh! Ach jetzt ist eh alles egal! Ich dachte, er mag mich. Als ich gecheckt habe, dass du weg warst, hab ich ihn angerufen, damit er mir Stoff vorbei bringt. Aber dann waren wir im Park da bei euch am Haus und er wurde ganz komisch.«

Ihre Augen starren ins Leere. Ich frage mich, was jetzt noch kommt. Ich fokussiere mich auf einen Punkt, um nicht umzukippen.

Bloß nicht kotzen.

»Bevor ich die Pillen nehmen konnte, zog er seinen Dienstausweis und sagte, ich sei verhaftet. Ich konnte mich erst nicht rühren, aber dann riss ich ihm die Tüte aus der Hand und rannte weg.«

»Sarah, das kann nicht sein!«, sagt Jay. Er steht noch immer in der Tür und hält sich am Rahmen fest.

»Falsch gedacht. Der Typ war verdammt schnell. Das war so nicht geplant, aber der kommt uns nicht mehr in die Quere«, sagt sie an Jay gewandt.

Er macht den Mund auf, aber sie redet einfach weiter.

»Ich bin einfach zur Landstraße gerannt. Zufällig kam da gerade ein Auto, als er über die Straße gelaufen ist.«

Sarah lacht hysterisch. Ich starre sie mit offenem Mund an.

Fuck. Was soll ich machen?

»Nein!«

Jay sinkt auf die Knie und legt das Gesicht in die zitternden Hände.

»Doch! Ich werde mir noch was für dich überlegen, solange bleibst du hier, klar soweit? Und Jay, wehe du machst schlapp! Wir haben eine Abmachung!«

Was ist mit der denn jetzt los? Fuck!

Sarah stürmt auf mich zu und schlägt mir mit der flachen Hand ins Gesicht. Ich kann mich gerade noch auf den Beinen halten.

»Scheiße! Sarah, was soll das?«

Jay kniet noch immer auf dem Boden, diesmal mit Tränen in den Augen, das Gesicht schmerzhaft verzerrt.

Scheißescheißescheiße! Wie komme ich hier weg? Bloß jetzt nicht heulen! Reiß dich zusammen, Jen!

Ich stoße Sarah beiseite, um zur Haustür zu gelangen, aber

sie packt mich am Arm und zerrt mich zurück.

»Du bleibst hier!«

Grob werde ich in das Schlafzimmer geschubst und die Tür knallt hinter mir zu. Ich hämmere mit meinen Fäusten gegen die Tür und als ich höre, wie der Schlüssel gedreht wird, falle ich heulend auf die Knie.

Jetzt sitze ich hier an die Tür gelehnt. Ich starre vor mich hin. Die Sonne verzieht sich hinterm Horizont und wirft düstere Schatten in das kalte Zimmer.

Habe ich Sarah so falsch eingeschätzt? Sie war wie ich, allein und verletzt, sich selbst dem ganzen Schmerz überlassen. Hätte ich auf Alisons Gefühl vertrauen sollen?

Sie hat es nie ausgesprochen, aber ihren Augen konnte ich ihr Misstrauen Sarah gegenüber ansehen. Oder ist es der Einfluss der Drogen, die sie genommen hat? Völlig hilflos kauere ich auf dem nackten kalten Boden.

Was passiert hier? Das ist alles so falsch.

Aus dem Fenster flüchten kann ich nicht, wir sind mindestens im 6. Stock eines Mehrfamilienhauses.

Ich lausche angestrengt dem Gespräch draußen, Sarah fährt Jay an, er solle still sein und machen, was sie sagt. Jay scheint sich zu fügen und dann höre ich wieder die Wohnungstür zuknallen. Resigniert stehe ich auf und starre aus dem Fenster.

Spring doch einfach! Niemand braucht dich! Nur einen Moment in der Schwerelosigkeit ...

Mein fahles Gesicht spiegelt sich schwach im Fensterglas. Ich bin nur noch eine leere Hülle, treibe seit Monaten nur vor mich hin. Ich packe den Griff und drehe – es ist verschlossen. Verzweifelt rüttele und zerre ich daran. Ich schreie weinend auf und hämmere gegen die Scheibe. Ich bin diejenige, die Schuld an dieser Katastrophe hat und jetzt bekomme ich meine gerechte Strafe dafür.

Ein Kratzen unterbricht meine verzweifelten Versuche, das Fenster mit den bloßen Händen zu zerstören. Jemand macht sich am Türschloss zu schaffen. Ich wische mir mit meinem Shirt über das Gesicht.

»Jay?«, flüstere ich.

Ich bekomme keine Antwort. Ich suche das Zimmer nach einer möglichen Waffe ab und finde eine stabile Holzlatte. Bestimmt von einem alten Möbelstück, was hier mal stand. Ich stelle mich breitbeinig seitlich vom Türrahmen, so dass der Eindringling keine Chance hat zu reagieren, wenn die Tür aufgeht. Mir ist es gleich, wer es ist. Ich will nur hier weg.

Und dann zu nächsten Brücke. Es hat keinen Sinn mehr.

Nach Stunden, so kommt es mir vor, öffnet sich langsam ein Spalt und ein gelber Lichtstrahl erhellt mein Gefängnis. Ich mache mich bereit zum Schlag, als ich einen Fuß sehe und hole aus. Ein heftiger Ruck durchfährt meine Arme, als mein Angriff abgewehrt wird. Ich werde ins Zimmer geschubst und die Tür wird zugeknallt.

»Hey, ganz ruhig, ich will dir helfen!«, höre ich Jay sagen, als ich mich aufrappele und meine schmerzenden Arme reibe.

»Sarah ist weg und wir können von hier verschwinden. Es tut mir leid, dass ich dich in diese Lage gebracht habe. So kenne ich sie gar nicht.«

»Du kennst sie gerade wie lange - zwei Monate? Oder läuft schon länger was zwischen euch und ihr habt mich auch dabei angelogen? Lass mich einfach gehen!«

Ich zittere am ganzen Körper, dennoch ist meine Stimme ruhig.

»Nein. Ich kenne sie seit der High-School, aber seit dem Abschluss hatten wir keinen Kontakt mehr. Getroffen haben wir uns wirklich zufällig in dem Kino damals. Aber lass mich das später erklären, wir müssen jetzt weg von hier! Sie hat immer noch diese Pistole und ich weiß nicht, wann sie wieder kommt. Draußen im Hof steht ein Auto, der Schlüssel ist versteckt im Radkasten. Jetzt komm!«, sagt er drängend und will mich am Arm greifen, aber ich trete einen Schritt zurück.

»Jennifer! Ich wusste nichts von Tristan, oder dass sie dich nur benutzen wollte. Bitte! Du musst mir vertrauen!« Seine Stimme klingt verzweifelt, der Blick wandert zwischen mir und der Tür hin und her, wie in einem Tennismatch.

»Na gut, aber ich kann alleine gehen.« Jay dreht sich ohne ein weiteres Wort um. Er scheint mir zu vertrauen, denn ich habe immer noch meine improvisierte Waffe in der Hand. Ich folge ihm, er nimmt ein Messer aus der Küche mit und wir laufen so schnell und so leise es geht das Treppenhaus hinunter. Ich frage ihn, wieso wir nicht die Feuerschutzleiter nehmen.

»Sarah nimmt diesen Weg immer. Frag nicht warum. Ist so ein Tick von ihr.« Ich frage nicht und sprinte die Stufen hinunter. Plötzlich habe ich es eilig, von hier zu verschwinden. Als ich um die letzte Kurve springe, pralle ich mit voller Wucht gegen Jay und falle fast hin, kann mich gerade noch am Geländer festhalten.

»Na, wo wollt ihr denn hin?«, fragt Sarah spöttisch.

15. Kapitel

Sie ist im Begriff, nach hinten zu greifen, um den Revolver zu ziehen, aber Jay ist schneller und hebt das Messer. Er macht einen Schritt nach vorne, um sie mit seiner Waffe zu verletzen. Geschockt beobachte ich die Szene, unfähig mich zu rühren. Sarah hat den Revolver gezogen und kann mit dem rechten Arm Jays Angriff abwehren. Dabei schneidet das Messer tief in ihr Fleisch und die Waffe fällt zu Boden. Sarah schreit vor Schmerz auf und boxt Jay in den Magen, der sein Messer fallen lässt und sich krümmt. Sarah greift nach dem Messer und rammt es ihm in den Oberschenkel. Sein Schrei geht mir durch Mark und Bein. Sie zieht die Klinge mit einem Ruck aus der Wunde und ein Schwall dunkelrotes Blut ergießt sich auf die Kacheln. Der Schrei löst meine Starre und ich sprinte zum Revolver. Ich spüre jemanden hinter mir, drehe mich und treffe Sarah mit dem Revolver an der Schläfe. Sie lässt das Messer fallen und fällt bewusstlos zu Boden. Ich nutze diese einzige Chance und ziehe Jay an seinem Arm hoch und laufe, ihn hinter mir her zerrend, aus dem Gebäude. Wir sind prompt im Hinterhof angekommen.

»Jay, wo ist das Scheiß-Auto? Jay!«

Ich muss ihn anschreien, er verliert zu viel Blut, aber ich habe keine Zeit, um ihn zu verarzten. Ich traue Sarah zu, dass sie uns mit bloßen Händen umbringen will.

»Verdammt, Jay! Reiß dich zusammen!«

Endlich zeigt er mit zitternder Hand auf einen kleinen Ford. Ich gehe, Jay hinter mich herziehend, so schnell wie es geht zum Wagen und brauche nicht lange suchen, bis ich die Schlüssel gefunden habe. Jay schubse ich auf die

Hinterbank und steige ein. Ich bin nur zweimal Auto gefahren, einige Wochen vor dem Tod meiner Mutter hat mein Dad es mir gezeigt und dann hat Daniel mit mir eine Spritztour nach Long Island gemacht. Das war die schlimmste Viertelstunde meines Lebens.

Ich stecke den Schlüssel ins Zündschloss und lege den Gang ein. Der Start ist holprig, aber ich schaffe es, das Gaspedal durchzudrücken und vom Hof zu fahren. Im Rückspiegel sehe ich, wie Sarah wutentbrannt aus dem Haus gestürmt kommt.

Ich biege in die Hauptstraße ein und hoffe, irgendeinen Hinweis zu sehen, wo das nächste Krankenhaus ist, aber wir scheinen mitten im Nirgendwo zu sein. Also rase ich fast mit achtzig Meilen die Stunde die fast leere Straße lang. Erst nach zehn Minuten traue ich mich anzuhalten und nach Jay zu sehen. Sein Bein sieht übel aus und ich finde im Kofferraum einen Verbandskasten. Provisorisch lege ich einen Druckverband an, damit die Wunde aufhört zu bluten. In der achten Klasse gab es einen Notfallkurs, in dem die ganze Schule solche Sachen wie Verbände legen und Herzdruckmassage lernen musste. Ich verdränge den Gedanken schnell wieder.

»Wo waren wir denn die ganze Zeit?«, frage ich.

»In Fort Worth. Das kennst du bestimmt nicht. Sarah wohnt in Weatherford, aber wir waren in der Wohnung von irgendeinem Typen, den sie mal abgeschleppt hat. Das macht sie oft, um an ihr Zeug zu kommen. Sie dachte, es wäre sicherer, uns beide so weit wie möglich fortzuschaffen. Ich glaube, mir hat sie zum Schluss dann auch nicht mehr richtig vertraut.«

Wir schweigen wieder und fahren weiter. Nach einer Weile sehe ich eine Tankstelle. Jay hat noch etwas Geld in seinem Portmonee und ich gehe rein, um Getränke und Snacks zu kaufen. Der Tankwart verrät mir, dass wir nur zwanzig

Meilen von Weatherford entfernt sind. Ich bleibe erschrocken an einem Bild hängen, das auf dem Fernseher hinterm Tresen erscheint. Mein Bild. Das Foto ist schon zwei Jahre alt, aber ich erkenne es sofort, denn es ist das Foto von meiner Mutter und mir, welches auf meinem Nachttisch steht.

»Die Polizei bittet um Ihre Mithilfe. Jennifer wird seit zwei Tagen vermisst und es ist nicht ausgeschlossen, dass eine Suizidgefährdung vorliegt.«

Im Hintergrund sehe ich meinen Vater stehen, der erschüttert in die Kamera guckt.

Dad ... Ich habe dir alles genommen. Du solltest mich verachten. Sei froh, dass ich weg bin. Ich mache alles kaputt.

Was hätte ich denn noch für einen Grund gehabt, zu bleiben? Was hätte ich gemacht, wenn Alison und Sarah mich nicht abgelenkt hätten? Sie brauchten mich und so konnte ich meinen eigenen Schmerz und Einsamkeit für den Moment vergessen.

Niemand braucht mich mehr.

Sobald Jay im Krankenhaus ist, bin ich wieder allein.

Tränen steigen mir in die Augen. Ich habe so viel geweint, dass es mich überrascht, noch Flüssigkeit produzieren zu können. Hastig lege ich das Geld auf den Tresen und presse ein »Stimmt so«, raus, ehe ich aus dem Laden haste. Ich trete ins Freie und eine Böe weht mir mein Haar ins Gesicht. Sie bringt den Duft von feuchtem Gras mit, welcher einen kühlen Sommerabend ankündigt. Ich beschließe, Alison mit den restlichen Cents anzurufen. Egal, was jetzt passiert, ich muss mich bei ihr entschuldigen. Muss noch ein letztes Mal ihre Stimme hören.

Es tut mir so leid.

»Hey Ally. Ich bin's«, sage ich leise in den schmutzigen Hörer.

»Jen? Wo bist du? Wir suchen alle nach dir! Ich sterbe vor Sorge.«

Ihre Stimme zittert und ich bekomme wieder einen Stich in der Brust.

Bin das Chaos in Person. Ein letztes Mal deine Stimme hören.

»Es tut mir leid, wenn ich etwas gemacht habe, was dich verärgert hat. Mein Dad hat es auch nicht so gemeint. Komm bitte einfach wieder zurück, okay? Wenn du mich nicht mehr magst, kann ich das verstehen, aber denk an deinen Dad. Er hat seit Tagen nicht mehr geschlafen! Du solltest ihn anrufen.«

Er ist besser dran ohne mich. DU bist besser dran ... ohne mich. Reiß dich zusammen! Für Jay! Nur noch ein bisschen. Dann kannst du für immer gehen. Für immer schlafen, ohne Albträume.

Alison holt kaum Luft und ich muss sie in ihrem Redefluss unterbrechen, die aufkeimende Hoffnungslosigkeit unterdrückend.

»Warte, ich habe nicht viel Zeit. Ich rufe dich an, weil ich nicht weiß, wie ich meinem Dad alles erklären soll. Sag ihm nur, dass es mir gut geht und ich auf dem Weg nach Hause bin. Ich bin mit einem Freund an der Raststätte kurz hinter Fort Worth. Morgen bin ich wieder da, okay?«

Ich versuche, meine Stimme ruhig klingen zu lassen, aber das gelingt mir nicht ganz.

»Sarah ist wieder aufgetaucht und nach dem Streit mit meinem Vater bin ich zu ihr gefahren. Aber dann ist sie komplett ausgerastet und ich bin mit Jay abgehauen. Sie hat ihm ein Messer ins Bein gerammt und ich muss ihn unbedingt schnell ins Krankenhaus bringen. Wir sind schon viel zu lange unterwegs. Ich hoffe, sie überrascht uns nicht irgendwo.«

»Du glaubst doch nicht, dass sie euch gefolgt ist?«

Auch wenn es guttut, ihre Stimme zu hören, schmerzt der nahende Abschied. Diesmal für immer.

Es ist besser so.

Sie hat mir immer noch nicht ganz verziehen, das spüre ich genau. Aber so schmerzt sie der Abschied nicht so sehr und wenigstens tut sie mir den Gefallen und spricht mit meinem Vater.

»Danke Alison.«

Ich höre sie tief einatmen. Am Piepton höre ich, dass sie aufgelegt hat.

Bald ist alles vorbei.

Erschöpft steige ich wieder ins Auto.

Jay atmet zitternd ein.

»Es tut mir wirklich leid. Was habe ich mir nur dabei gedacht? Jetzt sitzt du in der gleichen Scheiße wie ich«, sagt er.

»Ich hätte sofort zur Polizei gehen sollen. Aber wir standen beide unter Drogen ... Ich hatte einfach Angst. Nicht um mich, sondern um meine Familie.«

Er dreht seinen Cracker in den Fingern, so dass er sein Shirt voll krümelt.

»Meine Mom und meine beiden kleinen Schwestern sind ganz auf sich allein gestellt, wenn ich ihnen nicht ab und zu Geld vorbei bringen würde. Ich muss für sie sorgen, seitdem mein Dad abgehauen ist. Ich fass es nicht, dass ich sie so enttäuscht habe.«

Er schüttelt den Kopf und ich sehe, wie sehr er darunter leidet, was er angerichtet hat.

»Wenn du dich der Polizei stellst und schilderst, was passiert ist ... vielleicht lassen sie die Strafe nicht so groß ausfallen?«, sage ich zögerlich.

Mein lächerlicher Versuch, ihn aufzumuntern, ist mir im Nachhinein peinlich.

»Ich glaub nicht dran. Lass uns weiterfahren«, sagt er und

dreht seinen Kopf zum Fenster.

Weil die Stille diesmal so unerträglich ist, beschließe ich, das Radio leise laufen zu lassen. Hoffentlich ist dieser Horrortrip bald vorbei.

Wir fahren dem Sonnenuntergang entgegen. Trotz der Müdigkeit fallen mir die Details auf, die die hereinbrechende Nacht mit sich bringt: die orangene Farbe des Himmels, Vögel, die mit ihrem Gesang den Tag verabschieden.

»Was summst du da?«, fragt Jay mich.

Mir ist gar nicht aufgefallen, dass ich Geräusche von mir gebe. Ich muss lächeln und erzähle ihm die Geschichte über den Vogel, den ich und meine Mom gerettet haben.

»Ich war sechs oder sieben Jahre alt, als ein kleiner Vogel gegen mein Zimmerfenster geknallt ist. Ich hab ihn dann ganz vorsichtig aufgehoben und in eine Schachtel gelegt. Meine Eltern waren erst überhaupt nicht begeistert, aber sie haben mir erlaubt, ihn zu pflegen, und ein paar Tage später konnte ich ihn wieder frei lassen. Bevor er wegflog, hat er eine Melodie gesungen, die meinen Dad zu diesem Lied inspiriert hat. Ich habe dazu den Text geschrieben. Das war eine schöne Zeit.«

Die Zeit, in der die Welt noch in Ordnung war.

Ich wische mir eine Träne weg und lächle gequält.

»Ihr standet euch sicher sehr nah. So geht ... ging es mir mit meiner Familie auch. Ich habe auch so eine Geschichte für dich, willst du sie hören?«

Ich nicke und er fährt fort.

»Wir hatten damals, da war ich vielleicht zwölf Jahre alt, einen kleinen Hund, der hieß Bodo. Ich bin immer vor der Schule mit ihm raus gegangen. Das war die Voraussetzung dafür, dass ich ihn aus dem Tierheim mitnehmen durfte. Irgendwann an einem Wintermorgen zog er plötzlich stark an der Leine, ich dachte, er hätte wieder nur die Fährte der

Nachbarskatze aufgenommen. Er jaulte und sah mich auffordernd an, als wolle er sagen 'Komm doch jetzt endlich, du dummer Mensch!'. Also gab ich auf und lief mit ihm in die Richtung, in die er mich führte. Wir kamen an den Rand eines Waldstücks in der Nähe vom Highway, als ich das Miauen hörte.«

Er macht eine Pause und ich höre ihn tief ein- und ausatmen. Warum hört er auf zu reden? Ich drehe mich zu ihm und sehe, dass er die Augen geschlossen hat. Er darf nicht einschlafen!

»Erzähl weiter!«, bitte ich und boxe ihn gegen den Arm.

»Ja, ist ja gut.«, sagt Jay, als er hochschreckt.

»Also ich bin dann durch das Gebüsch gegangen und da sah ich es: ein Jutesack, der sich bewegte und aus dem die Geräusche kamen. Ich band, so schnell ich konnte, Bodo an einen Baum fest und sah in den Sack. Da lagen vier kleine Kätzchen, mutterseelenallein und halb erfroren.«

Ich sehe ihn schockiert an. Auch wenn es schon so lange her ist, verschlägt es mir die Sprache, wenn Menschen so grausam sind und hilflose Tiere aussetzen.

»Was hast du dann gemacht? Durftest du sie behalten? Haben sie überlebt? Na sag schon!«, bitte ich ihn.

Ich muss ihn am Reden halten. Er darf jetzt nicht das Bewusstsein verlieren. Die letzten Stunden kommen mir wie ein Traum vor, unwirklich. Zum ersten Mal seit Monaten spüre ich nichts, keinen Schmerz, der mich von innen auffrisst.

»Ich nahm meine Jacke«, fährt er müde fort, »und hab die Kleinen erstmal warm eingepackt. Es war schweinekalt, aber das war mir egal. Bodo und ich sind dann schnell nach Hause gelaufen, um meine Mom um Hilfe zu bitten. Sie ist so ein tierlieber Mensch und konnte nicht nein sagen. Ich durfte an dem Tag auch zuhause bleiben und habe mich mit den Babys unter die warme Decke gekuschelt, um sie aufzuwärmen. Die Katzen leben immer noch bei uns und schlafen jede Nacht bei meinen Schwestern im Bett.«

»Was ist mit Bodo, wie fand er die neuen Familienmitglieder?«, frage ich. Jeder weiß, dass Hunde und Katzen nicht gerade Freunde fürs Leben sind.

»Er hat sie sofort ins Herz geschlossen und wich keine Sekunde von ihrer Seite. Besucher, die sie streicheln wollten, hat er immer angeknurrt.«
Er lächelt traurig.

»Leider starb er vor zwei Jahren an Altersschwäche. Aber er war ein treuer Freund und liegt begraben in unserem Garten«, sagt er.
Schweigend fahren wir eine Weile, bis ich frage:

»Was wirst du machen, wenn wir zuhause sind und dein Bein verarztet wurde? Gehst du zurück zu deiner Familie?«
Ich bekomme keine Antwort und drehe mich zu ihm um. Er hat die Augen geschlossen und ist im Sitz zusammengesunken.

»Jay?«, frage ich panisch. Ich rüttele an seiner Schulter, er reagiert nicht.
Bitte, wir sind nur noch wenige Meilen von einem Arzt entfernt! Es ertönt ein wildes Hupen und ich schaue schnell wieder auf die Straße. Mit einem Ruck reiße ich das Lenkrad zurück auf meine Spur, kurz bevor der Laster an mir vorbei rauscht. Keuchend trete ich auf die Bremse und ich verliere die Kontrolle über den Wagen, der schlingernd gegen die Leitplanke knallt.

16. Kapitel

Mein Kopf prallt auf das Lenkrad, bevor die Airbags ausgelöst werden. Benommen taste ich nach Jay. Meine Hand liegt auf etwas Nassem und ich drehe den Kopf. Blinzelnd sehe ich seine Jeans an. Sie ist durchtränkt mit seinem Blut.

»Jay?«, flüstere ich.

Bitte sei nicht tot!

Ich schüttele ihn und taste nach seinem Gesicht. Dabei beschmiere ich seine Wange mit Blut. Er öffnet die Augen und blinzelt mich an.

Verdammt.

Ich greife nach dem Türgriff und ziehe daran. Mein Fuß stößt die Tür auf. Ich krieche aus dem Auto, mein Schädel pocht vor Schmerz. Schwerfällig sacke ich auf den Asphalt. Ich muss nach Jay sehen, aber mir fehlt die Kraft und die Welt um mich dreht sich. Heiß fließen die Tränen über meine Wangen. Die Sonne ist mittlerweile untergegangen und die Straße verschwindet in der Dunkelheit.

Bloß schlafen. Brauche Ruhe. Lasst mich sterben.

Langsam fallen mir die Augen zu. Spüre meinen Körper kaum.

Eine Autotür wird zugeknallt.

Schnelle Schritte, eine Frauenstimme.

Mom?

Eine kühle Hand auf meiner Stirn. Ich öffne die Augen und blicke in große blaue Augen.

»Jennifer! Oh mein Gott! Was ist passiert?«, ruft sie atemlos.

Ihr laufen Tränen über das sommersprossige Gesicht und

sie nimmt mein Gesicht in ihre Hände.

»Wie ... Egal. Jay. Sieh nach Jay!«

Ich schniefe und am Rande bemerke ich, dass ich zittere. Alison starrt mich sekundenlang an und springt dann erst auf, um nach Jay zu sehen, als ich sie von mir wegschiebe. Ich schließe die Augen und lehne meinen Kopf an das kalte Blech des Wagens. Nach den letzten Stunden kann ich endlich wieder aufatmen. Ich höre Alison mit Jay sprechen und mir fällt ein Stein vom Herzen.

»Jenny, Schatz. Hörst du mich?«

»Dad?«

»Ja. Es ist alles gut. Hörst du? Hab keine Angst.«

Wieso redet er so komisch? Geh weg und lass mich sterben.

Kurz bevor ich mich der Dunkelheit hingebe, schütteln mich kräftige Arme. Ich öffne die Augen und sehe meinen Vater direkt ins Gesicht. Er vergewissert sich, dass ich wach bin, und steht auf.

»Hey. Warte hier, ich hole eben Verbandszeug aus meinem Wagen«, sagt er und verschwindet aus meinem Blickfeld.

Ich lege den Kopf in den Nacken und schaue in den Himmel, in dem Millionen Sterne leuchten. Einer schimmert besonders hell.

Ein Auto rauscht an uns vorbei. Quietschende Reifen. Die Stimmen aus dem Auto verstummen. Plötzlich greift mich jemand am Arm und zieht mich unsanft hoch. Ich kralle mich an der Person fest und blicke Sarah ins wutentbrannte Gesicht.

»Jetzt bist du dran, blöde Schlampe!«, zischt sie und zerrt mich weg von der Straße.

Sie wirft mich gegen einen Baum und zielt mit einer Pistole auf mich.

Was zum ...

Ich könnte mich ohrfeigen, die Waffe nicht einfach mitgenommen zu haben. Folgt sie uns etwa schon die ganze Zeit? Ich stütze mich auf, um aufzustehen, die Welt fängt an sich um mich zu drehen, und ich falle auf die Knie.

»Dachtet ihr, ihr könnt einfach so abhauen? Keiner bringt mich wieder in den Knast!«

Die letzten Worte schreit sie fast. Sarah hat Tränen in den Augen, aber es ist mir egal. Sie hat mir monatelang etwas vorgelogen, mich und meinen Vater auseinandergebracht.

Dad! Wo ist er?

Mir ist es gleich, dass eine Pistole auf mich gerichtet ist, ich hoffe, sie hat die Anderen nicht bemerkt. Meine Stimme zittert, als ich sie anschreie.

»Du hast alles selbst kaputt gemacht! Wir hätten dir helfen können! Warum hast du mich angelogen?«

Ich muss schlucken und es kostet mich alle Kraft, um nicht loszuheulen. Sarah guckt mich nur belustigt an. Ihre Mundwinkel zucken und sie sieht aus wie jemand, der nichts zu verlieren hat.

Genauso wie ich.

»Lass gut sein.«

Jays Stimme ist schwach, aber ich verstehe jedes Wort. Er steht auf Alison gestützt hinter Sarah, sein Gesicht ist grau und verzerrt vor Schmerzen.

»Du hast gewonnen, lass sie gehen.«

Sarah dreht sich um und verfolgt die beiden mit den Augen, die langsam auf mich zugehen. Alison setzt Jay neben mir ab und er lehnt sich an meine Schulter. Sarah zielt mit ihrer Waffe zwischen uns hin und her.

»Ich krepiere sowieso. Sag nur meiner Mom, dass ich sie nicht enttäuschen wollte«, flüstert er mir ins Ohr.

Was? Erschrocken drehe ich mich um und sehe, wie er noch mehr Blut verloren hat. Seine Haut ist aschfahl.

»Nein! Schau mich an. Das kannst du deiner Mutter

selbst sagen, klar?«

Ich packe ihn an seinen Schultern und zwinge ihn, mich anzusehen. Sein Blick wirkt verschwommen und er ist kreideweiß.

»Du hast ihr etwas versprochen, hast du das vergessen?«

Aber er scheint mich kaum zu hören. Er lächelt mich nur an und senkt seinen Kopf an meiner Brust. Ich kann ihn kaum halten, als er umkippt und ich ihn langsam auf den Boden lege.

»Bitte nicht. Jay!«

Eine Bewegung im Augenwinkel lässt mich aufsehen und ich sehe meinen Dad hinter Sarah stehen. Er ist wie erstarrt, doch als wir uns in die Augen sehen, geht er langsam aus dem Blickfeld der Szenerie.

Bitte verschwinde. Lass mich hier.

Sarah lacht schallend auf. Ich schreie und schüttele Jay, aber er reagiert nicht. Durch das Rauschen in meinen Ohren nehme ich kaum ein anderes Geräusch mehr wahr und meine Brust droht zu zerreißen, alles andere ist vergessen. Ich hämmere mit meinen Fäusten auf seine Brust, drücke auf seine blutende Wunde und es kommt mir vor wie Stunden, Tage, als ich Sirenen höre. Sarahs Worte erreichen zwar meine Ohren, aber ich verstehe ihre Worte nicht. Alison kniet sich neben uns und hält meine Hände fest.

»Fuck! Wer hat die Bullen gerufen?«, schreit Sarah.

»Jen ... «, flüstert Alison.

Ihre Stimme zittert, sie sieht mir in die Augen. Ich starre Alison an. Mein Herz springt mir fast aus der Brust.

Was passiert hier??

Mein Blick wandert langsam zu Sarah.

KLICK

»Das war's jetzt für euch. Ich mach euch kalt! Von euch lass ich mir das jetzt nicht kaputt machen!«

Sarahs Augen sind jetzt nur auf mich gerichtet. Die Sirenen werden lauter und verstummen, als ein Auto am Straßenrand hält. Türen knallen zu und ich höre laute Schritte auf uns zu laufen. Jays Kopf liegt auf meinen Knien, Alison zerquetscht vor Anspannung fast meine Hände. Aber der Druck in meiner Brust verdrängt jedes andere Gefühl meines Körpers.

»Waffe fallen lassen und Hände über den Kopf!«, ruft ein Mann.

Sarah verzieht keine Miene. Ihr Arm ist ruhig, die Pistole zielt genau auf meine Stirn.

»Ich sagte, Waffe fallen lassen!«

»Jennifer ... .«

Ich spüre Alisons Blick und sehe sie an. Ihre Augen sind tränennass.

»... ich liebe dich«, flüstert sie, das Gesicht schmerzverzerrt.

»Was ...«

Meine Stimme versagt. Alison spannt ihre Muskeln an. Mein Hirn ist wie Watte, kann dem Geschehen nicht mehr richtig folgen.

Sarah atmet zitternd ein, schließt die Augen und schüttelt leicht den Kopf. Ihr Gesicht zeigt Schmerz, aber auch eine seltsame Art der Erleichterung. Dad wird von einem Polizisten festgehalten, er versucht vergebens, seinem Griff zu entkommen.

Sie drückt ab und ein Schuss löst sich. So laut, dass mir fast das Trommelfell platzt. Ich starre Sarah an. Die Zeit scheint von einem Moment auf den anderen in Zeitlupe abzulaufen. Die Polizisten reißen ihre Münder auf und stürzen sich auf meine ehemalige Freundin. Sie fällt zu Boden, das Gesicht im Laub gepresst.

»Pass auf!«

Alisons Stimme löst meine Starre und ihr Körper erdrückt

mich, als sie sich auf mich wirft. Dabei schlägt mein Kopf auf eine Baumwurzel auf. Benommen registriere ich ihr Gewicht auf mir und ich schnappe nach Luft. Das Pochen in meinem Schädel nimmt mir jeden klaren Gedanken. Etwas bohrt sich in meine Rippen, ich kann nicht atmen.

»Ally?«, flüstere ich mit kratziger Stimme.

Ihr regloser Körper liegt auf mir, ich habe keine Kraft, um sie von mir zu schieben.

Stimmen rufen durcheinander. Jemand schreit.

Alisons Wärme wird mir entzogen. Hände begrapschen mich. Etwas durchsticht meine Haut.

Dann nichts mehr.

Jemand – oder etwas – hämmert seit Stunden gegen meinen Schädel. Ich versuche, meine Augen zu öffnen, als ich Stimmen höre. Ich kann sie nicht identifizieren. Es wird wild durcheinander gesprochen. Immer wieder falle ich in einen Dämmerzustand zwischen Wach- und Schlafphasen. Ich kann mich nicht erinnern, wo ich bin oder was passiert ist. Ich sehe meinen Dad, Daniel, Alison und ein paar andere Menschen, deren Namen irgendwo in meiner Erinnerung begraben sind, vor meinem inneren Auge. Wo ist Mom? Wir sind umgezogen. Alles andere verschwimmt und entzieht sich meinem Bewusstsein, je mehr ich mich anstrenge, um sie zu fassen.

Das Erste, das ich nach einer Ewigkeit neben den Geräuschen wahrnehme, ist ein stechender Schmerz in meinem Arm. Ich ersticke fast, als sich etwas durch meinen Hals nach draußen kämpft und huste bis ich mich fast übergeben muss. Dabei rammt mir jemand ein Messer in die Rippen. Ich bin unfähig, zu schreien, muss es stumm über mich ergehen lassen. Danach übermannt mich wieder die Dunkelheit.

Leise Klaviermusik dring in mein Bewusstsein. Sie klingt

dumpf, als wäre ich tief unter der Wasseroberfläche. Ich horche, richte meine ganze Konzentration auf die Melodie, die mir so schmerzlich bekannt vorkommt. Nach einiger Zeit kann ich eine Stimme wahrnehmen. Plötzlich prallen alle Bilder der letzten Monate auf mich ein: Moms Tod, der Umzug, Sean, der mich fast vergewaltigt hat, Sarahs Verrat. Und Alison. Der Schuss! Ich lebe, also hat sie es nicht geschafft. Ich war wieder einmal zu langsam.

Verdiene es nicht, zu leben. Hört auf, mich immer retten zu wollen. Ich will doch bloß sterben. Hier und jetzt. Hört ihr?

Natürlich hört mich niemand. Ganz gleich, wie laut ich diese Gedanken innerlich rufe.

Der Schmerz droht mich zu erdrücken, ich will schreien. Aber ich bleibe stumm. Etwas Warmes berührt meine Hand. Ich rieche Schokolade. *Daniel?* Die Musik wird lauter, das Rauschen verschwindet langsam aus meinen Gedanken. *Dad.* Unser erstes gemeinsames Lied. Die Melodie, die alles immer repariert hat. Aber diesmal klappt es nicht.

Es tut mir leid, Papa. Ich will stumm bleiben. Ich will nichts mehr spüren. Geh ohne mich, ich mache deinen Schmerz nur unerträglicher.

»Nein!« *Der Schrei reißt mich aus meinem Dämmerzustand. Ich sehe Mom ins brennende Haus laufen. Nur langsam schleicht sich die Erinnerung in mein Hirn, dass Dad mit Grippe im Bett liegt und den Auftritt absagen musste. Und genauso langsam wird mir klar, dass ich meine Eltern in den Tod geschickt habe.*

Als wäre ich ein Beobachter meines Selbst, sehe ich mich schreiend hinter meiner Mutter rennen. Mein Fuß verliert unter dem Eis den Halt und ich falle in den Schnee. Grobe Hände packen mich, halten mich fest wie in einer

Schraubzwinge und meine Versuche, mich zu befreien sind so sinnlos wie meine verzweifelten Rufe nach Mom und Dad. Ich spüre einen stechenden Schmerz in meinem Arm und falle in die Dunkelheit.

Meine Wangen sind nass. Ich lasse meine Augen geschlossen, ohne zu wissen, ob ich sie überhaupt öffnen kann. Es ist mir egal. Ich will, dass er geht. Lass mich in meine Hölle versinken. Es darf mich niemand dorthin begleiten.

Aber er geht nicht. Er drückt mir einen warmen Kuss auf die Stirn. Seine Wärme durchströmt meinen ganzen Körper, als er sich neben mich legt und mich in die Arme nimmt. Sein Herz pocht schnell. Er weint, das spüre ich an seinen bebenden Atemzügen. Ach Dad. Ich wünschte, ich könnte dir helfen. Aber ich mache deinen Kummer nur schlimmer.

Es wird wieder still in meinem Kopf, als mich der Schlaf übermannt. Mitten in der Nacht werde ich wach. Schmerzen in meiner Seite strecken erst sachte ihre Fühler in mein Bewusstsein aus, bis sie unerträglich werden und ich keuchend die Augen öffne. Ich starre in das dunkle Krankenzimmer. Ich bin allein. Die Stille ist so laut. Ich stemme mich auf meine Ellenbogen und setze mich auf. Die Schmerzen in meinem Körper registriere ich jetzt nur am Rande. Tränen tropfen auf das Linoleum, als ich meine nackten Füße auf den kalten Boden stelle. Der Vollmond scheint durch die Vorhänge und im gedämpften Licht sehe ich meine Kleidung auf einem Stuhl hängen. Ich grapsche nach meiner Jeans und beiße die Zähne zusammen, um keine Laute von mir zu geben, als ich sie mit seltsamen Verrenkungen anziehe. Ich schlüpfe in meine Sneakers, schleiche zur Tür und lausche. Nichts zu hören. Gut. Leise trete ich auf den Gang. Die Schwestern haben wohl gerade

Pause, es ist niemand zu sehen und ich humpele, mich mit einer Hand an der Wand abstützend, zu den Fahrstühlen. Blind vor Tränen schlage ich mich durch die leeren Straßen. Ich kann nicht zurück. Meine wirren Gedanken drehen sich im Kreis. Ich stapfe immer weiter, der Regen hat irgendwann aufgehört, wütend auf mich einzuschlagen, und meine Füße bleiben ständig im Matsch stecken. Ich presse meine Hände auf die rechte Seite, der Schmerz nimmt mir die Luft zum Atmen. Schon bald erreiche ich ein kleines Waldstück.

Als ich durch das Dickicht stolpere, finde ich mich an einem kleinen See wieder. Meine Beine sind taub und ich sinke am Ufer auf die Knie und starre auf das Wasser, das sich in leichten Wellen bewegt. Kleine Luftblasen von den Fischen und Insekten, die sich auf der Wasseroberfläche bewegen, zeichnen kreisförmige Muster auf dem Wasser. Meine Muskeln zittern vor Kälte und Anstrengung. Ich forme meine Hände zu einer Schale und spritze mir das kalte Wasser ins Gesicht. Müde krieche ich zu einer alten Eiche und lehne mich mit dem Rücken zu ihr. Es ist kalt und ich bin durchnässt, meine Kleidung klebt an mir und ich spüre meine Glieder kaum noch, trotzdem werden meine Lider schwer und den Sonnenaufgang beobachtend döse ich ein. Endlich wird es still in meinem Kopf. Mein Herz ist stumm. Nur der Schmerz erinnert mich daran, dass ich noch lebe.

»Mom? Wo bist du? Mommy!«
Panisch taste ich das Bett ab. Der Platz neben mir ist leer.
Ich werfe die schwere Decke von meinem kleinen Körper
und stehe auf. Im dunklen Zimmer stoße ich gegen Möbel
und finde den Weg nicht zur Tür. Mein Atem geht schnell.
Tränen laufen über mein Gesicht. Ich finde den Weg nicht
hinaus. Mein Fuß stößt gegen etwas Hartes und ich schreie
schmerzhaft auf.

»MOM!«
Schnelle Schritte nähern sich polternd und die Tür wird aufgerissen. Warmes Licht erhellt mit einem Streifen das Zimmer.

»Hey Jen, Schatz komm her!«, ruft meine Mutter.
Ich stehe zitternd mitten im Raum und ihr Körper wirft einen riesigen Schatten auf mich. Mit zwei Schritten ist sie bei mir und hebt mich in ihre Arme. Sie drückt mich fest an sich, ich presse mein nasses Gesicht in ihre Haare und sauge ihren Duft ein.

»Du kannst jetzt aufwachen, alles ist gut«, flüstert sie.

Die aufgehende Sonne wirft ihr orange-rotes Licht auf den See, als ich die Augen öffne. Die schweren Wolken der letzten Tage haben sich verzogen und ein lauer Sommerwind weht mir die Haare ins Gesicht. Als ich versuche, mich zu bewegen, spüre ich jeden einzelnen Muskel in meinem Körper. Meine Rippen brennen und die feuchte Jeans reibt auf meiner Haut.

»Na, gut geschlafen?«, fragt eine Stimme hinter mir spöttisch.

17. Kapitel

Ich kann meinen Kopf nicht drehen. Leise Schritte auf raschelndem Laub nähern sich. Im linken Augenwinkel nehme ich eine Bewegung wahr. Rotes Haar, vom Wind zerzaust. Blaue Augen, die auf mir herabsehen.

Ist das der Himmel? Bin ich doch tot?

Alison setzt sich neben mich. Sie zupft feuchte Blätter aus meinen Haaren. Selbst im Tod riecht sie nach Vanille und Erdbeeren.

»Was machst du hier? Du solltest doch im Krankenhaus sein«, fragt sie besorgt.

Spielt das eine Rolle? Ich will bis in alle Ewigkeit mit ihr hier sitzen. Zusehen, wie die Sonne über den blauen Himmel wandert, bis die Dämmerung am Abend die Welt in ihr rotes Licht taucht.

»Wir suchen alle nach dir. Daniel ist auch hier. Dein Dad ist völlig fertig.«

Daniel? Ich blinzle. Ich bin verwirrt. Ein kräftiger Atemzug bestraft mich mit stechenden Schmerzen in meiner Seite.

»Du ... du lebst?«, frage ich leise.

»Natürlich, Dummerchen. Hey.«

Ihr Gesicht verschwimmt, als sich meine Augen mit Tränen füllen. Sie legt einen Arm um mich. Nach einer Weile höre ich weitere Schritte. Eine Hand legt sich auf meinen Kopf. Der Geruch nach Schokolade vermischt sich mit dem von Vanille und Erdbeeren und ich fühle mich wie damals, vor hunderten von Jahren, als ich mit Mom an einem heißen Sommertag auf unserer Dachterrasse in New York vor einem riesigen Eisbecher sitze.

***

Drei Wochen später sitze ich mit Daniel am Fuß des Kirschbaumes in unserem Garten. Die letzten Blüten fallen auf den Rasen und breiten sich wie ein rosa Teppich unter uns aus. Ich musste wegen der Schusswunde in meinem unteren Rippenbogen noch zwei weitere Wochen im Krankenhaus bleiben, weil sie sich nach meiner Flucht entzündet hatte. Wenigstens durfte ich mit Jay das Krankenzimmer teilen. Es war knapp, aber er hat es geschafft. Wir haben versucht, uns mit Kartenspielen abzulenken, aber oft saßen wir einfach nur da, stumme Tränen vergießend und in unserem Schmerz versunken.

Ein Schwarm Schwalben flattert aus den Bäumen empor.

»Du hast uns einen gehörigen Schrecken eingejagt. Und was hast du dir dabei gedacht, einfach aus dem Krankenhaus abzuhauen?!«, fragt er.

Ich hebe eine Kirschblüte auf und lege sie mir auf die offene Handfläche. Die Ränder werden schon braun und runzelig, die Luft ist jedoch noch immer von ihrem Duft erfüllt.

»Ich ... ich dachte, Alison hätte es nicht geschafft. Habe geglaubt, dass die Kugel sie getroffen hätte. Das konnte ich nicht ertragen. Nicht schon wieder.«

Tränen steigen mir wieder in die Augen. Die Angst über den Verlust erdrückt mich.

»Da lagst du wohl falsch. Sie war nicht schnell genug. Tut es noch sehr weh?«, fragt Daniel und zeigt auf meine Rippen.

Langsam atme ich ein. Es geht jeden Tag besser, leichter. Dennoch ist es wie ein Messer, das sich bei jedem Atemzug immer weiter in mein Fleisch bohrt.

»Es geht so. Schlimmer sind die Albträume.«

Nachdem Sarah auf mich geschossen hat, traf sie eine Kugel in den Hinterkopf. Der junge Polizist war noch nicht lange im Dienst und ist in Panik geraten. Als der erste Schuss fiel, hat er nur noch reagiert. Als ich das erfuhr, habe ich so lange geschrien und um mich geschlagen, dass die Schwestern mich mit einer Nadel betäuben mussten. Dabei riss meine Wunde wieder auf, was den Heilungsprozess noch weiter verzögert hat. Seitdem brennen Mom und Sarah jede Nacht in meinen Träumen und ich bin unfähig, davor zu fliehen. »Das lässt dich immer noch nicht los, was? Also was mit deiner Mom geschehen ist? Ich hatte gehofft, dass die Zeit hier es dir leichter macht«, sagt Daniel und dreht seinen Oberkörper nun zu mir.

Er streicht mir eine Strähne hinters Ohr und wischt mit seinem Daumen eine Träne von meiner Wange.

»Das wird mich bis in mein Grab verfolgen. Weißt du, warum das Feuer ausgebrochen ist? Ich war so dumm und hab in meinem Zimmer geraucht. Und als ob das nicht genug wäre, habe ich an dem Abend vergessen, dass Dad zuhause krank im Bett liegt und meine Mom damit in den Tod geschickt. Wäre es mir nur eher eingefallen, als wir noch in der Wohnung waren ...«

»Ja, ich weiß es. Dein Dad hat es mir erzählt. Und seitdem plagen dich diese verfluchten Schuldgefühle. Du konntest nichts dafür. Nur wenn du dir selbst verzeihst, werden deine Albträume verschwinden. Du kannst die Vergangenheit nicht ändern.«

Er nimmt mir die Blüte aus der Hand. Seine schokoladenbraunen Augen suchen meinen Blick.

»Deshalb bin ich auch noch hier. Nachdem Mom mir erzählt hat, dass du abgehauen bist und wahrscheinlich in Schwierigkeiten steckst, bin ich ausgeflippt und habe sie angefleht, mich hierher fliegen zu lassen«, sagt Daniel ernst.

»Ach Daniel. Ich werde dich vermissen«, sage ich nur und kann den brechenden Damm nicht mehr aufhalten.

Während mir die Tränen von den Wangen tropfen sehe ich ihn an. Er setzt sich auf seine Knie und schlingt seine Arme um meinen Körper.

»Wir werden schreiben. Versprochen«, flüstert er.

Alison begleitet mich zum Flughafen. Daniel steht schon mit seinen Koffern am Terminal.

»Gott sei Dank. Mein Flug geht gleich! Ich dachte schon, du hast mich vergessen«, ruft er, während ich auf ihn zu humpele.

Ein letztes Mal spüre ich seine nach Schokolade duftende Wärme. Sein Herz, das im langsamen Takt schlägt und mich am Boden hält.

»Das Taxi stand in der Rush Hour. Aber wir sind ja jetzt da. Gerade noch rechtzeitig«, höre ich Alison durch den Stoff seiner Jacke sagen.

Er löst sich aus meiner Umarmung und sieht mir in die Augen. Ich verliere mich in seinem Blick, aber zwinge mich dazu, ihm aufmerksam zuzuhören.

»Hör zu. Du schaffst das. Alison wird auf dich Acht geben, das musste sie mir versprechen!«

Er sieht verschmitzt zu meiner Freundin. Sie kommt auf uns zu und legt ihren Arm um meine Schultern, als Daniel mich loslässt.

»Und das werde ich. Wir bleiben in Kontakt. Du kannst dich auf mich verlassen«, sagt Alison an Daniel gerichtet.

Ich kapiere gar nichts. Aber das muss ich auch nicht. Ich umarme meinen besten Freund noch einmal, bevor er sich abwendet und in das Flugzeug steigt. Alison zieht mich mit und wir gehen nach Hause. Heute schläft sie bei mir. Ich stelle zwei Tassen mit heißem Kakao auf meinen Nachtschrank und stoße die Ballerina um, die auf den Boden fällt und in tausende kleine Scherben zerspringt. Alison zieht mich zu sich und küsst mich auf die Stirn. Wir

kuscheln uns unter meiner Decke zusammen.
In dieser Nacht träume ich nicht.

Epilog

»Jen, komm schon, wir kommen zu spät! Jay wartet unten.«

»Ja, ja. Warte, ich muss eben noch den Satz fertig schreiben.«

Ich versuche, schneller in die Tasten zu hauen, was mir aber nur Buchstabensalat beschert. Egal, ich kann das später noch korrigieren. Eigentlich sollte ich für mein Englisch Studium lernen, bald stehen Prüfungen an, aber ich schreibe lieber Geschichten.

Jay hat Alison und mich eingeladen, nach Dallas zu fahren. Endlich sehe ich wieder eine Großstadt.

Ich habe mich in den letzten zwei Jahren gut in diesem Kaff eingelebt, aber ich vermisse die Wolkenkratzer und die Geräusche der vielen Menschen und vorbeifahrenden Autos, die sich auf den Straßen tummeln.

Schnell speichere ich mein Manuskript und klappe den Laptop zu.

»Na endlich!«, haucht Alison mir ins Ohr, als ich meine Jacke schnappe und an ihr vorbei laufen will.

Wir verbringen einen tollen Tag in Dallas. Jay zeigt uns das *Museum of Art*, einige Cafés und wir sind durch den *Bishop Arts District* gelaufen. Dieses Stadtviertel ist an jeder Ecke mit Kunst dekoriert, Malereien an Backsteinwänden, Skulpturen; mich hat besonders der Steampunk-Fisch inspiriert; und ein kleiner Hutladen, in dem Alison und ich uns lustige Hüte gekauft haben.

»Jetzt bin ich aber geschafft! Ich mach uns einen Tee und

dann liest du mir mal vor, was du heute verzapft hast.«

Ach Ally. Ich übe doch noch.

»Du weißt doch, dass ich noch nicht so lange schreibe«, antworte ich augenrollend.

»Du hast aber Talent! Und als du mir letztens von deiner Idee erzählt hast, möchte ich jetzt hören, was du daraus gemacht hast.«

»Na gut, ich springe nur schnell unter die Dusche.«

Als ich zehn Minuten später mit meinem Laptop und einer Tasse Tee in meinem Sessel sitze, macht Alison es sich auf dem Bett gemütlich. Sie liegt auf dem Bauch, die Beine in der Luft gekreuzt und stützt ihren Kopf auf ihre Hände. Ich nehme einen Schluck, lächle sie an und beginne zu lesen.

***

»Ich liebe dich, bis heute Abend«, flüsterte Jim mir ins Ohr und verließ unsere kleine Wohnung.

Es war erst sechs Uhr morgens und ich musste erst in drei Stunden im Büro sein. Die Kaffeemaschine lief bereits und ich ging ins Bad, um zu duschen. Heute war unser erster Hochzeitstag. Ich hätte nie gedacht, mit 22 schon verheiratet zu sein. Kennengelernt haben wir uns erst sechs Monate vor der Hochzeit. Ich begann meinen Job nach dem Journalismus Studium bei der *New York Public Company* und lernte dort meinen Traummann kennen, der dort als Softwareentwickler arbeitet. Danach ging alles sehr schnell: Jim überredete mich, zusammenzuziehen, da es praktischer wäre. Natürlich sagte ich zu. Was hatte ich zu verlieren? Ich liebe diesen Mann! Ich dachte an seinen Antrag, als ich das warme Wasser auf meine Haut prasseln ließ. Er lud mich auf ein romantisches Abendessen auf der Yacht seines Onkels ein und wir fuhren die ganze Nacht über den Hudson River.

Jim nahm mich nach dem Dessert an die Hand und zog mich zur Reling. Die Lichter der Wolkenkratzer spiegelten sich auf der Wasseroberfläche und schienen zu tanzen. Ich spürte einen warmen Hauch im Nacken. Jims Lippen berührten meinen Hals und wanderten langsam die Wirbelsäule hinunter.

Oh Gott... Gut, dass Elian, mein schwuler bester Freund, mich zu diesem rückenfreien Kleid überredet hat.

Dann nahm er meine Hand und drehte mich zu sich um. Er kniete vor mir, die Schatulle mit einem silbernen Ring, in dem ein kleiner roter Stein eingefasst war, in der Hand.

Der dumpfe Schmerz in meiner Schulter holte mich zurück in die Gegenwart, als ich mich wusch. Ich atmete scharf ein und kämpfte die aufsteigenden Tränen zurück.

Jim lud mich in ein nobles 3-Sterne Restaurant ein. Ich trug ein knöchellanges, enganliegendes Seidenkleid. Wie vor einem Jahr hatte auch dieses Stück einen weiten Rückenausschnitt.

»Mon dieu! Jim wird vom Hocker fallen! Mädchen, wenn ich nicht schwul wäre, würde ich dich sofort abschleppen!«

Elian bekam fast einen Herzinfarkt. Er wedelte sich mit den Händen Luft ins Gesicht und Tränen stiegen ihm in seine großen grünen Augen.

»Danke.«

Ich lachte. Obwohl mir zum Heulen zumute war. Elian legte mir noch die silbernen Ohrringe an, die er uns zu unserem Jubiläum geschenkt hat, und bugsierte mich in den Aufzug seiner Suite.

»Na los jetzt, dein Taxi wartet unten«, sagte er und drückte den Knopf für die Tiefgarage.

Was für ein Taxi denn?

»Wieso ein Taxi? Ich hab doch meinen Tesla. Der ist noch nicht einmal richtig eingefahren!«

»Schätzchen, das wird er auch nicht. Big Apple ist die Hochburg der Rush Hour. Da ist man sogar zu Fuß noch schneller am Ziel! Außerdem...«

»Spar mir deinen Öko-Vortrag. Den kann ich schon mitsprechen. Außerdem habe ich ein Elektroauto. Aber genug jetzt.«

Meine Stimme klang schärfer als beabsichtigt und es tat mir sofort leid, aber in Elians Gesicht zeichnete sich eine unbedarfte fröhliche Miene ab, die schon festgewachsen zu sein schien.

Es ertönte ein *PLING* und die Türen zur Tiefgarage öffneten sich. Meine Heels klackerten unangenehm laut in der großen Halle. Wir gingen an meinen Wagen vorbei, der mich vorwurfsvoll anzublicken schien. Ich entschuldigte mich in Gedanken und schüttelte irritiert den Kopf.

»Stopp, mach die Augen zu!«

Elian hielt mich abrupt an und hielt mir von hinten die Augen zu, darauf bedacht, mein Make Up nicht zu verschmieren. Er schob mich vorsichtig vorwärts. Ich streckte die Arme aus, aus Angst, irgendwo vorzulaufen.

Als er seine Hände von meinen Augen nahm, sog ich scharf die Luft ein. Und vergaß, wieder auszuatmen.

»Merde! Vergiss nicht, zu atmen!«

Er hielt mich am Arm fest, als ich umzufallen drohte, und stellte mich wieder gerade auf die Füße.

»Entschuldige. Ich bin nur so aufgeregt. Ist das ein Hummer? In Überlänge?!« fragte ich.

»Ja. Toll, oder? Und frag nicht nach dem Preis! Ist ein Geschenk von uns Allen. Im Gegenzug verlangen wir aber, dass du deine Augen mal von deinem *chéri* abwendest und dich mal wieder um deine Freunde kümmerst. Weißt ja, *Blut ist dicker als Espresso*, oder wie war das?«

Ich lachte so laut, dass die Wände dieses als mehrfaches Echo zurückwarfen.

»Oh Elian. *Blut ist dicker als Wasser*! Und ich verspreche dir, dass ich mir mehr Zeit für euch nehmen werde. Das letzte Jahr war richtig hart.«

Ich schluckte, als ich an die letzten Monate dachte. Fast wäre meine Ehe ein Desaster ... nein, eine Katastrophe geworden. Und das so kurz nach der Hochzeit. Ich schüttelte die Erinnerung ab und ließ mich in die Limousine bugsieren.

»Wow ... Ihr habt echt keine Kosten gescheut, oder?«

Das Innere des Wagens, oder besser gesagt Kutsche, denn heute fühlte ich mich wie Cinderella in ihrem verzauberten Kürbis auf dem Weg zu ihrem Prinzen, leuchtete in allen erdenklichen Farben. Eine kleine Discokugel hing vom Himmel und warf die Lichter wie ein Prisma an die Wände. Elian setzte sich neben mich und reichte mir ein Glas Champagner.

»Du kommst mit?« fragte ich erstaunt.

»Ja, aber nur bis zu deinem Date. Danach muss ich die Stretch-Limo wieder abgeben und ich wollte mir die Fahrt mit dem Teil einfach nicht entgehen lassen. Außerdem dachte ich, du langweilst dich bestimmt ohne mich«, sagte er zwinkernd.

Ich musste wieder lachen. Es war so schön mit ihm. Er weiß einfach alles über mich, wir sind zusammen aufgewachsen und fast wie Geschwister. Die Limo setzte sich in Bewegung. Elian machte sich an der Soundanlage zu schaffen und es ertönten leise Bassklänge aus den Boxen. Wir wippten im Takt der Musik. Er legte seinen Arm auf meine Schulter und ich zuckte erschrocken und vor Schmerzen zurück.

»Was ist los?«

»Ach nichts. Ich habe gestern beim Sport etwas übertrieben. Habe so lange nichts mehr für meine Figur getan, da wollte ich wohl doch etwas zu viel am Anfang.«

»Typisch für dich. Ich geb dir morgen eine Salbe. Und lass Sport mal ein paar Tage ausfallen, damit der Muskelkater weggeht.«

»Ja, Mama«, sagte ich und wir brachen in Gelächter aus.

Nach drei Gläsern Champagner und vielen mitgesungen Liedern hielt die Limousine an und die Tür wurde vom Chauffeur geöffnet. Elian beeilte sich, vor mir auszusteigen, und hielt mir die Hand hin. Als ich ausstieg, sah ich den roten Teppich, der von der Straße bis zum Restaurant, besser gesagt Hotel, reichte. Ich brachte kein Wort raus. Meine Familie war zwar wohlhabend: Dad arbeitet in einer Softwarefirma und Mom besitzt eine Modeboutique an der Fifth Avenue, aus der sie mir oft teure Teile mitbringt. Aber so etwas können wir uns dann doch nicht leisten, ohne an die Ersparnisse zu gehen.

»Worauf wartest du?«

Elians Stimme riss mich aus meinen Gedanken und er schob mich sanft in die Richtung des Eingangs.

Ich achtete nicht mehr auf ihn. Mein Blick suchte den von Jim, der mich schon erwartete. Er trug einen maßgeschneiderten Anzug, orionblau mit silbernen Manschettenknöpfen.

»Süße, na endlich«, sagte er und nahm mich in eine feste Umarmung.

Ich biss die Zähne zusammen und zwang mir ein Lächeln auf, als er mich ansah.

»The Dominick Hotel? Ist das dein Ernst? Nicht, dass ich mich nicht freue ... aber ... Wow!«

»Sag nichts, Darling. Komm einfach mit«, sagte er bestimmt und nahm mich bei der Hand.

Danksagung

Fünf Jahre habe ich gebraucht, um diese Geschichte zu schreiben. Ich bin durch viele Tiefs gewandert, immer auf der Suche nach etwas, das ich letztendlich gefunden habe.

Auf dem Weg bis zur Veröffentlichung habe ich viele neue Bekanntschaften und tiefe Freundschaften gefunden, die mich in jeder Lebenslage unterstützt haben.

Deshalb möchte ich mich hier bei denen bedanken, die mich immer wieder auf die Füße gestellt haben, mir meine Launen verziehen haben und auch nicht mit Kritik gespart haben, um mein Baby für euch Leser*innen perfekt zu machen.

Danke an meinen Alphaleser, der nicht nur mein Kritiker ist, sondern auch Wegbegleiter, bester Freund und Gesprächspartner zu jeder Tag- und Nachtzeit. Mit unseren Texten könnte man ganze Bücher füllen.

Ein weiteres Dankeschön geht an meine Familie, die so geduldig mit mir war. Und an meine Kinder, die mir den nötigen Halt geben, doch irgendwie standhaft zu bleiben und niemals die Hoffnung aufzugeben, egal wie dunkel mir das Leben auch erscheinen mag.

Während der letzten Monate habe ich auch ganz tolle Mädels kennengelernt, die mir gezeigt haben, dass es sich lohnt, für sich selbst zu kämpfen, und wie wichtig es ist, sich selbst so lieben, wie man ist. Vera, Jasmin, Eva, Kim, ihr seid die Besten!

And last but not least: mein Lehrer und Lektor Ralf, der mit viel Geduld mein Manuskript durchgekaut hat, durch die Story mein Inneres kennenlernen durfte und mich auf die Notwendigkeit von Apostrophen aufmerksam gemacht hat. Es werden zukünftig noch einige Gespräche während einer Wanderung im sauerländischen Wald folgen. Thank you for your support!

Über die Autorin

Jennifer Clarkson aka Ramona Barth wurde 1987 in Hamm, Deutschland geboren und lebt seit 2005 im Sauerland. Die zweifache Mutter hat 2015 das Schreiben als Zufluchtsort aus einer schweren Lebenskrise für sich entdeckt. Mit der Zeit entfaltete sich die Leidenschaft für das Schreiben und so entstand ihr erstes Werk *Beyond my Nightmares – Mein Leben für Deins*, in dem sie ihre eigenen Erfahrungen mit Depressionen in eine fiktionale Geschichte verpackt. Genau diese Leidenschaft half ihr aus der schwierigen Zeit und gab ihr als Motivation neue Lebenskraft, um positiv nach vorne zu blicken. Mit diesem Buch möchte sie andere Menschen für das Thema psychische Erkrankungen sensibilisieren. Dieses Buch stellt den ersten Schritt in ihr Autorenleben dar.

Weitere Infos und Updates zu neuen Werken findest Du auf https://www.jenniferclarkson-author.com/ und auf ihren Social Media Kanälen:

Instagram:

Facebook: